鉴赏辞典

上海辞书出版社文学鉴赏辞典编纂中心编

上海辞书出版社

《柳永词鉴赏辞典》领衔撰稿

周汝昌　沈祖棻　吴小林　叶嘉莹
刘乃昌　徐培均　谢桃坊　周啸天

撰稿人（按姓氏笔画排列）

王双启　王思宇　孔燕妮　艾治平　叶嘉莹　刘乃昌
刘文忠　刘竞飞　杨海明　吴小林　何均地　沈伯俊
沈祖棻　张志烈　张燕瑾　陈志明　周汝昌　周笃文
周啸天　胡国瑞　施议对　顾伟列　徐培均　唐玲玲
崔海正　曾大兴　谢桃坊　潘君昭

责任编辑　霍丽丽

【前言】

【前言】

柳永(约984—约1058)　宋词人。原名三变,字耆卿;因排行第七,故又称柳七。崇安(今福建武夷山市)人。出身仕宦之家。真宗大中祥符二年(1009)赴京应试不第,后长期居留京城,纵酒行乐,沉湎声色,与歌妓乐工相过从,为之填词,作品广为流传,以至人称"凡有井水饮处皆能歌柳词"。以放荡不检,为统治者所摈斥,屡试不第。仁宗得读其词,竟于临放榜时将其黜落。后遂自称"奉旨填词"。曾漫游江南。仁宗景祐元年(1034)登进士第,授睦州团练使推官,历官昌国县盐监、华阳县令,然久困选调,难以升迁,后改名为永,方得磨勘转为京官,仕至屯田员外郎,后世因称"柳屯田"。

柳永精通音律,倾一生精力于作词,其词承上启下,开一代风气。他借鉴民间的俗曲新声,大量创制慢词,题材亦有较大拓展。部分词作展现了北宋中期都市的繁华富庶、节日盛况及民情风俗;有些词则描绘山川旅况,抒发了失意文人浪迹江湖的愁思感怀。更多的是一些狎妓行乐之作,虽情词佚荡,然以同情之心表达妓女追求自由生活、纯真爱情的愿望,体现了市民阶层的思想情趣。柳词又长于铺叙,衍展层递,曲尽其妙;又多用白话口语、白描笔法,对词曲发展影响至巨。论者虽贬其词格不高,语涉俚俗,亦不得不推其"音律谐婉,语意妥帖,承平气象,形容曲尽,尤工于羁旅行役"(陈振孙《直斋书录解题》)。如《雨霖铃》之"杨柳岸、晓风残月",传诵千古;《八声甘州》之"霜风凄紧,关河冷落,残照当楼",苏轼评为"不减唐人高处"。近人夏敬观分柳词为雅、俚二类,俚词乃"开金、元曲子之先声"(《手评乐章集》)。有《乐章集》传世,存词二百一十二首。诗仅存三首,其中《煮海歌》一首写盐民之苦,颇痛切。

前言

本书是本社中国文学名家鉴赏辞典系列之一。精选柳永代表作品词作47篇,附诗1首,另请当代文学研究专家为每篇作品撰写鉴赏文章。其中诠词释句,发明妙旨,有助于读者更好地领略柳永语言通俗、"音律谐婉"、擅于铺陈叙事的词作风格。另外,书末还有附录《柳永生平与文学创作年表》,供读者参考。不当之处,尚祈读者指正。

上海辞书出版社文学鉴赏辞典编纂中心

2015.7

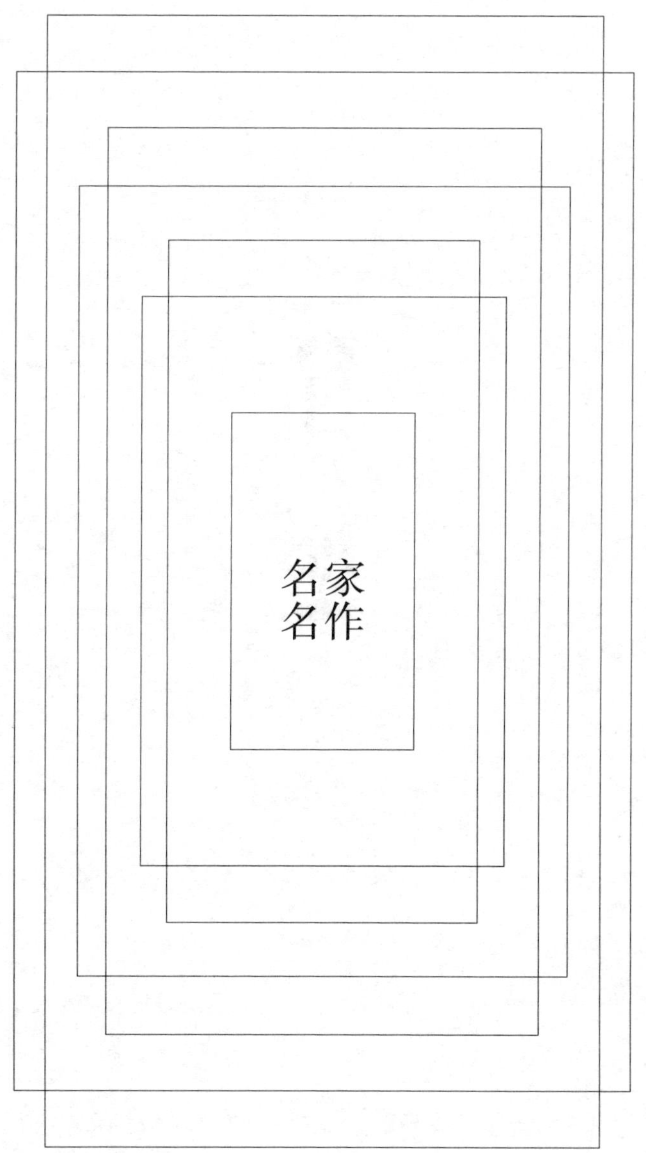

周汝昌　沈祖棻　吴小林　叶嘉莹　刘乃昌　徐培均　谢桃坊　周啸天　等撰写

【目录】

词

【目录】

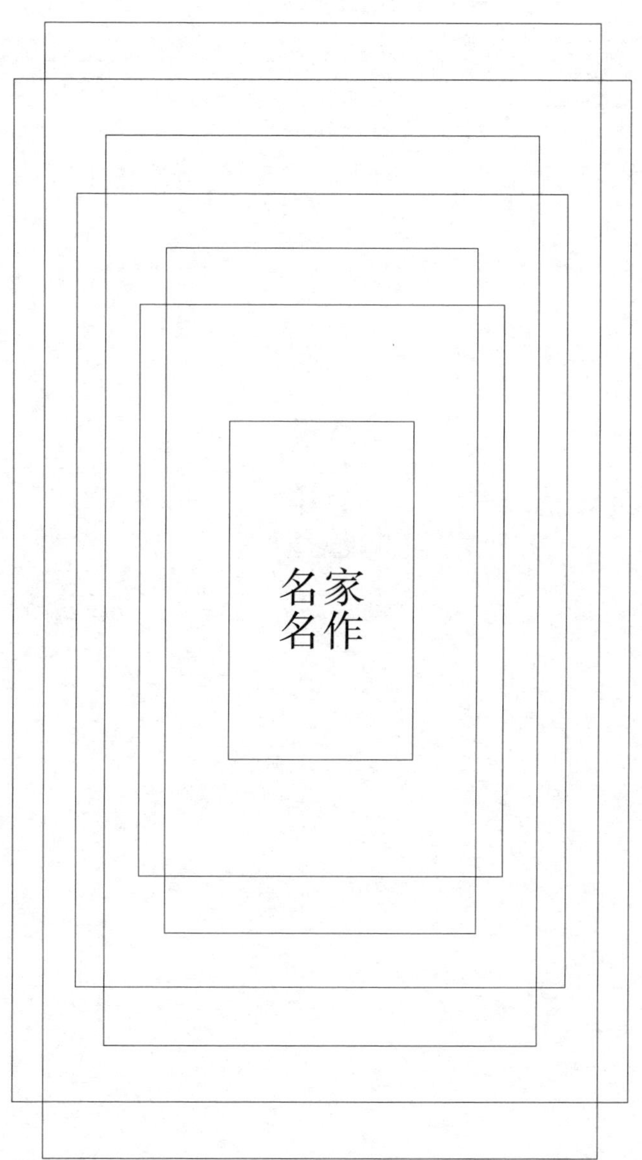

名家名作

周汝昌　沈祖棻　吴小林　叶嘉莹　刘乃昌　徐培均　谢桃坊　周啸天　等撰写

【词】

【原文】

玉女摇仙珮

飞琼伴侣，偶别珠宫，未返神仙行缀。取次[1]梳妆，寻常言语，有得几多姝丽。拟把名花比。恐旁人笑我，谈何容易。细思算、奇葩艳卉，惟是深红浅白而已。争如这多情，占得人间，千娇百媚。

须信画堂绣阁，皓月清风，忍把光阴轻弃。自古及今，佳人才子，少得当年双美。且恁相偎倚。未消得、怜我多才多艺。愿奶奶、兰心蕙性，枕前言下，表余心意。为盟誓。今生断不孤鸳被。

〔注〕 ① 取次：随便，任意。

柳永词“掩众制而尽其妙”（宋胡寅《酒边词序》），其中虽有“纤艳之词，然多近俚俗，故市井之人悦之”（宋黄昇《花庵词选》卷五）。本词就是这样一首纤艳俚俗之词。

全词可以分成两个部分，第一部分即上片，主要是描述和称赞爱慕对象的风情仪态。“飞琼伴侣，偶别珠宫，未返神仙行缀。”飞琼，即传说中西王母的侍女许飞琼。行缀，犹言行列。此句是将意中人比喻成仙女。仙女乃是偶然离开仙庭，突出了其在世间的不可再得，能与之相逢，实属幸运。“取次梳妆，寻常言语，有得几多姝丽。”上文虽将意中人比喻成仙女，但此“仙女”却不像很多唐诗中所写的那样，环珮叮当，珠光宝气。而是画着随意的妆，说着普通的言语，虽然是平民女子的做派，却别有一种娇媚之态。只此三言两语，柳永便把花间词家描写女性的旧传统打破了。面对如此秀丽的女子，赞叹之语不免要冲口而出，而最易想见的称赞语，无外乎是将其比作花了。

"拟把名花比。恐旁人笑我,谈何容易。"但是转念一想,这样的比喻又会不会太俗呢?"奇葩艳卉,惟是深红浅白而已。争如这多情,占得人间,千娇百媚。"仔细思想,花之美,唯在颜色,哪里比得上眼前人,靓丽且多情?说人如花,乃是常见俗套,但柳永在此轻轻一转,反说花不如人,则又使得这俗套变得生新了。清代沈谦在《填词杂说》曾有语:"'云想衣裳花想容',此是太白佳境。柳屯田'拟把名花比。恐旁人笑我,谈何容易',大畏唐突,尤见温存,又可悟翻旧为新之法。"说的正是这两句的妙处。

第二部分即下片,记述的是向意中人求爱的场景——说是场景,其实主要是男主人公的独白。"须信画堂绣阁,皓月清风,忍把光阴轻弃。""须信"二字,是劝说语。皓月清风,画堂绣阁,良辰美景,本来就应该珍惜,更何况"自古及今,佳人才子,少得当年双美"?此一番劝说,可谓是极富鼓动性了。如果柳词到此为止,恐怕勉强还可以是在"发乎情止乎礼义"的范围之内,毕竟,男女相爱,也算是世俗中正常之事。但柳永却偏不这样,且看他如何续写:"且恁相偎倚。未消得、怜我多才多艺。愿奶奶、兰心蕙性,枕前言下,表余心意。"相偎相依他已是不满足,他更要于枕席之间卿卿我我,山盟海誓!奶奶虽是尊称,但于此说出,却颇带亲宠狎昵之意。而其求爱的理由,"怜我多才多艺",如此自矜自夸,已近乎有些涎脸赖皮。至此,一个风流才子的形象已跃然纸上。至于结尾的盟誓"今生断不孤鸳被",和柳永的很多其他的词一样,充满了一种肉体印迹。

柳永此词,描绘的乃是亲密爱侣之间极具私密性的生活场面。从其描写的肆无忌惮这一点来说,它有点像南朝的宫体诗。但本词却又和宫体诗有着很大的不同:虽然同样是从男性的视角来观望和描摹女性,宫体诗的观望点往往是居高临下的,而本词的观望点却是平等乃至仰视的。在柳永的词中,我们不仅看到了一位靓丽动人的平民美女,更看到了一位热情男子对她的细致呵护。从对一个比喻的细心反思,到对其近乎低声下气的哀求解劝，再到最后的诅咒发誓，无处不显示出男主人公对女主人公的深深爱意。这种基于平等基础上的世俗爱意，无论是在宫体诗中，还是在先前的花间词中，都是十分少有的。清代田同之曾在《西圃词说》中说"《国风》、《骚》、《雅》，同扶名教。即宋玉赋美人，亦犹主文谲谏之义"，"必欲如柳屯田'兰心蕙性'、'枕前言下'等言语，不几风雅扫地乎？"事实上，这段话正好说明了柳永词在文学史上的创新意义。浅显直白的语言，表达的是普通而真挚的情感。而对于爱情的最高向往，亦不过是"枕前言下""不孤鸳被"而已。这种真挚的情感、近乎寻常的理想要求，再加上日常化的语言和回环曲折的叙说结构，使得柳永的词彻底世俗化了。柳永的词，真正地将爱情和女性从传统的"主文而谲谏"的宏伟神话中解救了出来。

（刘竞飞）

甘草子

秋暮，乱洒衰荷，颗颗真珠雨。雨过月华生，冷彻鸳鸯浦。　　池上凭阑愁无侣，奈此个、单栖情绪！却傍金笼共鹦鹉，念粉郎言语。

柳永慢词以善于铺写见称，其小词亦有可观者，如这首《甘草子》就是一篇绝妙的闺情词。

上片写女主人公池上凭阑的孤寂情景。秋天本易触动寂寥之情，何况"秋暮"。已是黄昏独自愁，更著风和雨，则主人公愁苦可知。"乱洒衰荷，颗颗真珠雨"，不但比喻贴切，句中"乱"字亦下得极好。它既写出雨洒衰荷历乱惊心的声响，又画出跳珠乱溅的景象，间接地，还显示了凭阑凝伫、寂寞无聊的女主人公的形象，其心绪也恰可着一个“乱”字。紧接着，以顶针格写出后两句：“雨过月华生，冷彻鸳鸯浦。”词连而境移，可见女主人公在池上阑边移时未去，从雨打衰荷直到雨霁月升。雨来时池上已无鸳鸯，“冷彻鸳鸯浦”即有冷漠空寂感，不仅是雨后天气转冷而已，这对女主人公之所以愁闷是一有力的暗示。

过片“池上凭阑愁无侣”一句收束上意，点明愁因。“奈此个、单栖情绪”则推进一层，写孤眠之苦，场景也由池上转入屋内。写无侣单栖滋味，词中比比皆是，并不新鲜。此词妙在结尾二句别开生面，写出新意：“却傍金笼共鹦鹉，念粉郎言语。”荷塘月下，轩窗之内，一个不眠的女子独自在调弄鹦鹉，自是一幅绝妙仕女图，画中再度流露出她的寂寞无聊的情绪。而画图难足的，是那女子教鹦鹉念的“言语”，乃属于“私房话”。不直写女主人公念念不忘“粉郎”及其“言语”，而通过鹦鹉学“念”来表现，尤觉婉曲含蓄。骤闻鸟语，如对故人，可聊以自遣自慰，然而岂能持久？鸟语之后，反而会平添一种凄凉。所以这画面表现的况味又相当复杂。这个结尾，使全词臻于妙境。

《金粟词话》云：“柳耆卿‘却傍金笼教鹦鹉，念粉郎言语’，《花间》之丽句也。”其实全词语言皆华美。如“真珠”、“月华”、“鸳鸯”、“金笼”、“鹦鹉”等皆具辞彩。写环境的华美不能掩盖人物心境的空虚，适有反衬的妙用。女主人公亦如金笼之孤鸟。词中两用鸟名，上片之“鸳鸯”乃虚写，下片之“鹦鹉”是实写，各有妙用。

（周啸天）

昼夜乐

洞房记得初相遇。便只合、长相聚。何期小会幽欢，变作离情别

【原文】

绪。况值阑珊春色暮。对满目、乱花狂絮。直恐好风光,尽随伊归去。　　一场寂寞凭谁诉。算前言,总轻负。早知恁地难拚,悔不当时留住。其奈风流端正外,更别有、系人心处。一日不思量,也攒眉千度。

我国传统诗词写闺情题材的极多。柳永这首俗词却写的是普通市井妇女的闺情,着重表现她的悔恨,在这类题材中是别开生面之作。

词以抒情女主人公的语气叙述其短暂而难忘的爱情故事。她是从头到尾,絮絮诉说其无尽的懊悔。作者善于使用民间通俗文学的叙述方法,以追忆的方式从故事的开头说起。歌词有自己独特的表现方式,因而省略了许多枝节,直接写她与情人的初次相会。这次欢会就是他们的初次相遇。初遇即便"幽欢",正表现了市民恋爱直接而大胆的特点,不需要像公子与小姐那样有一个漫长曲折的过程。这样的初遇,自然给女性留下特别难忘的印象。她按照市民的观念认定:他们以情理而论都"便只合,长相聚"的。但事实上此种爱情在封建社会中是难以为社会和家庭承认的,因而事与愿违,初欢即又是永久的分离。显然,他们的分离系为情势所迫,还不是由于男子的负心,这就愈使她思念不已了。暮春时节所见到的是"乱花狂絮",春事阑珊。春归的景象已经令人感伤,而恰恰这时又触动了对往日幽欢幸福与离别痛苦的回忆,愈加令人感伤了。"况值"两字用得极妙,一方面表示了由追忆回到现实的转换,另一方面又带出了见景伤情的原因。由此很自然地在上片两结句达到情景交融的地步:"直恐好风光,尽随伊归去"。"伊"为第三人称代词,既可指男性,也可指女性。柳永的俗词是供女艺人演唱的,其中的"伊"一般都用以指男性,如《定风波》"针线闲拈伴伊坐"和《望远行》"待伊游冶归来"中的"伊"都是指男性的。此词的"伊"亦指男性。女主人公将春归与情人的离去联系起来，美好的春光在她的感受中好像是随他而去了。“直恐”两字使用得很恰当，是主观怀疑性的判断，因为事实上春归与人去是无内在联系的，将二者联系起来纯是情感的附着作用所致，很足以说明思念之情的强烈程度。

下片起句“一场寂寞凭谁诉”，在词情的发展中具有承上启下的作用。“一场寂寞”是春归人去后最易感到的，但寂寞和苦恼的真正原因是无法向任何人诉说的，也不宜向人诉说，只有深深地埋藏在自己内心深处。于是整个词的下片转入抒写自身懊悔的情绪。作者将这懊悔情绪分作三层，逐层铺写。第一，“算前言，总轻负”，是由于她的言而无信，或是损伤了他的感情，这些都未明白交代，但显然责任是在女方；于是感到自责和内疚，轻易地辜负了他的情意。第二，“早知恁地难拚，悔不当时留住”。看来她对此事缺乏经验，当初未考虑到离别后在情感上竟如此难于割舍。如果早知道了，何不当时就不顾一切将他留住呢？因为没有留住他，这才后悔无穷。第三层又补足“恁地难拚”的原因。他不仅举措风流可爱，而且还品貌端正，远非一般浮滑轻薄之徒可比，实是难得的人物。但除了这些容易体察的优点而外，“更别有、系人心处”。这“系人心处”只有她才能体验到的奥秘是不便于言说的，也是她“难拚”的最重要的原因。可见，她由于内疚、难舍和私自的喜爱，更感到失去他像失去了人生最宝贵的东西一样。结句“一日不思量，也攒眉千度”，非常形象地表现了这位妇女悔恨和思念的精神状态。攒眉即愁眉紧锁，是“思量”时忧愁的表情。意思是，每日都在思量，而且总是忧思千次的，可想见其思念之深且切了。这两句的表述方式很别致。本是“每日思量，攒眉千度”，偏说成是“一日不思量，也攒眉千度”，正言反说，语转曲而情益深。不思量已是攒眉千度了，则每日思量时又是如何，不问可知，造语不但深刻，而且俏皮，得乐府民歌的神采。

（谢桃坊）

【原文】

迎新春

嶰管变青律[①],帝里阳和新布。晴景回轻煦。庆嘉节、当三五。列华灯、千门万户。遍九陌、罗绮香风微度。十里然绛树。鳌山耸、喧天箫鼓。　　渐天如水,素月当午。香径里,绝缨[②]掷果[③]无数。更阑烛影花阴下,少年人、往往奇遇。太平时、朝野多欢民康阜。随分良聚。堪对此景,争忍独醒归去。

〔注〕 ① 嶰(xiè)管:指箫、笛等竹制乐器。青律,古时以乐律与时令相配。青,为春天之色,《楚辞·大招》注:"青,东方,春位,其色青。"青律,指春天之乐律。"嶰管变青律",乐器改用春天乐律,表明春季已到。 ② 绝缨:楚庄王事。刘向《说苑·复恩》:"楚庄王赐群臣酒,日暮酒酣,灯烛灭,乃有引美人之衣者。美人援绝其冠缨,告王曰:'……趣火来上,视绝缨者。'王曰:'赐人酒,使醉失礼,奈何欲显妇人之节而辱士乎?'乃命左右曰:'今日与寡人饮,不绝冠缨者不欢。'群臣百有余人,皆绝去其冠缨而上火,卒尽欢而罢。居二年,晋与楚战,有一臣常在前,五合五获首,却敌,卒得胜之。庄王怪而问……对曰:'……臣乃夜绝缨者也。'" ③ 掷果:晋潘岳事。《晋书·潘岳传》:"岳美姿仪……少时常挟弹,出洛阳道。妇人遇之者,皆连手萦绕,投之以果,遂满载以归。"

宋人祝穆《方舆胜览》卷十记载范镇的话说:"仁宗四十二年太平,镇在翰苑十余载,不能出一语咏歌,乃于耆卿词见之。"的确,在宋初,以慢词长调的形式歌咏太平景象是柳词的一个特点。不过,柳永这部分词因其具体内

容不同而呈现出不同的面貌，如《望海潮》，通过描绘杭州“重湖叠巘”的湖山之美以及“市列珠玑，户盈罗绮”的市容豪奢，勾画出了钱塘名城的繁华；这首词则是通过对北宋京都汴京（今开封市）元宵之夜风俗民情的描写，展现物阜民康的社会生活风貌。

词的上片总写元宵佳节的热烈场面。发端三句从乐曲的转换、阳春的来临、暖气的荡漾等几个方面表明冬去春来的节序更替，描写温煦的东风吹遍京城的新春景象，以明媚和煦的气氛笼罩全篇。在点明元宵十五之后，便集中笔力写灯节的热闹。唐宋时风俗，为庆贺元宵，家家上灯，士民涌向街衢，尽情观赏、游乐，彻夜不息。据宋人记载，京师元夕，放灯三夜，“乾德五年正月，诏以朝廷无事，区寓乂安，令开封府更增十七、十八两夕”（永亨《搜采异闻录》卷四）。刘昌诗《芦蒲笔记》卷十载上元词有云：“紫禁烟光一万重，五门金碧射晴空。梨园羯鼓三千面，陆海鳌山十二峰。”北宋京都元宵盛况，可以想见。柳词在这里正面描绘这种盛况。“列华灯”句，写彩灯之多，“遍九陌”句，写观灯游人之众。游人身着节日华装，“罗绮”满眼，连街道的空气都被熏香了，所以微风吹拂，异香袭人。这也反映出京华士民的富裕。“十里”以下二句，写灯品陈列地段的群情沸腾和鼓乐喧闹。“绛树”，即火树，皆喻星火万点的集束彩灯。苏味道《正月十五夜》“火树银花合”，辛弃疾《青玉案》“东风夜放花千树”，即写这种灯景。汴京的十里长街上，火树银光，辉煌弥望，何等壮观！其中“鳌山”尤为引人注目。宋元时结扎成山形的巨型彩灯称为“鳌山”。南宋临安元宵也盛行这种灯品，《武林旧事》卷二载，宣德门、梅堂、三闲台等处，每奉旨“起立鳌山”。皇帝还“乘小辇，幸宣德门，观鳌山”。可见鳌山是彩灯中的极品，鳌山高耸之处，人山人海，箫鼓喧天，是上元灯景的高峰所在。上片写到此处就把灯节的气氛推到了高潮，它使读者如身临其境，心潮不禁为节日的氛围所鼓荡。

如果说上片是总写节日盛况，烘染了足够的节日气氛，那么，下片主要

【鉴赏】

是选采几个富有特征的游人活动的镜头，来表现人们的欢乐情绪。换头“渐天如水，素月当午”显示出时间的推移，说明夜虽已深，但人流未减，游兴不衰。以下连用两个典故，写游人集群狂欢。“绝缨”是借楚庄王“今日与寡人饮，不绝冠缨者不欢”的故事，说明游人不拘常礼，纵情欢乐。“掷果”是借潘岳貌美，引动妇女向之掷果的掌故，表现男女嬉戏逗闹。柳词不多用事，这里镶嵌两个典故，含义丰腴而措词妥溜，也恰切地写出了士民的兴高采烈。“更阑”两句是写青年男女的幽期密约。欧阳修《生查子·元夕》有“月上柳梢头，人约黄昏后”之句，辛弃疾《青玉案·元夕》也曾描写男子会见情人，“众里寻她千百度”的情景。可见宋时元夜，也是青年男女寻觅佳侣或谈情说爱的良宵佳节。此处所谓“奇遇”，即指此类风流韵事。这说明作者所捕捉的生活细节，是相当真实和典型的。结尾几句，作者抒感借以醒题，点明时代升平，万民康阜，朝野多欢。自己随处可遇美景佳会、赏心乐事，怎能不没入士民同庆的海洋，沉醉于节日的欢乐之中呢！“随分”，随处，到处，承“朝野多欢”而来。“争忍”，怎忍，对“随分良聚”而发。词人的实感由上文的实情、实景激荡而出，虽未免坦露，却也水到渠成，顺理成章。

本篇词通过咏节序反映承平景象，就需要紧扣住节序风物的特点。作者写元宵紧紧围绕灯景下笔，写帝都元宵灯景之盛，观灯游人之众，灯下士民之乐，正是扣住了元宵节的特点。笔法重在正面描述实景，在摄取实景中，有场面的总体鸟瞰式的描写，有游人活动的具体特写，不仅显示节日的喧闹热烈的气氛和帝都元夕的富丽气派，而且以游人的活动细节表现出朝野共庆的欢乐心情。“绝缨”、“掷果”、“奇遇”等等，这富有浪漫色彩的风流韵事，正是安定康阜的社会环境的产物。由于词人善于捕捉这些素材点面结合地描述，因而就能使北宋汴京元宵的盛况获得了成功的再现。

宋代虽是个积贫积弱的朝代，但柳永生活的真宗、仁宗两朝，由于政治形势比较稳定，工商业得到进一步的发展，却也一度呈现了城市繁荣、物阜民丰的气象。柳永长期生活在都市中，他的一部分词描写了都市的繁华，讴歌了宋初的承平景象，具有一定的认识价值。宋初词人，例如晏殊，在其令词中也表现了歌舞升平的内容。所谓以诗文余事写词的欧阳修，对词境有所拓展，他写的一些流连风月的小词也可以说是对太平光景的一种反映。但晏、欧小令，大体说来，还只是作家主观情思的抒发，尚不能像柳永这样能够以慢词的形式和铺叙的笔法把"承平气象，形容曲尽"。这篇词开篇写汴京春回，融融的春阳洒布帝京，以作为全词的背景，以下就灯景、游人展开铺叙，侧重于客观描述，能够较充分地表现出京都元宵那种"谁家见月能闲坐，何处闻灯不看来"（崔液《夜游》诗）的繁闹场景，虽铺张叙事却又层次分明、一气贯注。可见，柳永运用慢词的结构艺术写这类题材，是有开拓之功的。

（刘乃昌　崔海正）

曲玉管

陇首云飞，江边日晚，烟波满目凭阑久。一望关河萧索，千里清秋，忍凝眸？　　杳杳神京，盈盈仙子，别来锦字终难偶。断雁无凭，冉冉飞下汀洲，思悠悠。　　暗想当初，有多少、幽欢佳会，岂知聚散难期，翻成雨恨云愁？阻追游。每登山临水，惹起平生心事，一场消黯，永日无言，却下层楼。

这首词是写离别之恨与羁旅之愁的。作者登高怀远，触景伤情，而将情景打成一片，往复交织，前后照应，针线尤为细密。

全词共分三叠。凡是三叠的词，以音律论，前两叠是双拽头，后一叠才

【鉴赏】

是换头（一称过片）。故文词也每每是前两叠大体一意，后一叠另作一意，使声情相应。此词第一叠"陇首"三句，是当前景物和情况。"云飞"、"日晚"，隐含下"凭阑久"。"亭皋木叶下，陇首秋云飞"，是梁柳恽的名句。陇首，犹言山头。云、日、烟波，皆凭阑所见，而有远近之分。由此启下三句。"一望"，不是望一下，而是一眼望过去，由近及远，由实而虚，千里关河，可见而不尽可见，逼出"忍凝眸"三字，极写对景怀人，不堪久望之意。然而上言"凭阑久"，可见已经久望了，则"忍凝眸"者，乃是事后觉得望之无益，是透过一层的写法。此段五句都是写景，只用"忍凝眸"三字，便将内心活动全部贯注到上写景物之中，而使情景交融。

第一叠是先写景，后写情；第二叠则反过来，先写情，后写景。"杳杳"三句，接上"忍凝眸"来。"杳杳神京"，写所思之人在汴京；"盈盈仙子"，则写所思之人的身份。唐人诗中习惯上以仙女作为美女之代称，一般用来指娼妓或女道士。如施肩吾有《赠仙子》，仙子指娼妓；赵嘏有《赠女仙》，女仙指女道士。这里大约是指汴京的一位妓女。"锦字"是用窦滔、苏蕙夫妻故事。苻秦时，滔得罪徙流沙，蕙作回文诗，织于锦上以寄，词甚凄惋，见《晋书》。作者和这位"仙子"，并非正式夫妻，其所以用此典故，或系因应举时被仁宗放落，因而出京，与窦滔之获罪远徙，有些近似之故。文献不足，无从深考。此句是说，"仙子"虽想寄与"锦字"，而终难相会（偶作遇解），这是悬揣之词，并非真正收到她的信了，观下文可知。鸿雁本可传书，而说"断"，说"无凭"，则是始终不曾负担起它的任务。雁给人传书，无非是个传说或比喻，而雁"冉冉飞下汀洲"，则是眼前实事。由虚而实，体现出既得不着信又见不了面的惆怅心情，自然就不能不老是想着，放不下了。"思悠悠"三字，总结次段之意，与上"忍凝眸"遥应，而更深入一层。因第一段写景物萧索，使人不忍凝眸，第二段则写即使凝眸，其人终于难偶，不但人难偶，信也难通，所以除了相思之外，更无其他办法。

第三叠是"思悠悠"的铺叙。第一、二叠写景抒情，眼前之事，已经表现得非常丰满。而今日之惆怅，实缘于旧日之欢情，所以"暗想"四句，便概括往事，写其先相爱，后相离，既相离，难再见的愁恨心情。"阻追游"三字，横插在上四句下五句中间，包括了多少难以言说的辛酸在内。然后，笔锋一转，又从回忆而到当前。但是，在回到当前之时，却又荡开一笔，在平叙之中，略作波折，指出这种"忍凝眸"、"思悠悠"的情状，并不是这一次，而是许多次，每次"登山临水"，就"惹起平生心事"。然后再写到这回依然如此，在"黯然消魂"的心情之下，长久无话可说，走下楼来。"却下层楼"，遥接"凭阑久"，使全词从头到尾，血脉流通。刘熙载《艺概》说柳词"细密而妥溜，明白而家常，善于叙事，有过前人"。这首词，特别是其第三叠，很可以证实这一论点的正确。此词的"暗想当初"以下，似乎平铺直叙，没有什么技巧，但这正是柳永的特色，其他词人所难以企及的地方。

（沈祖棻）

凤衔杯

有美瑶卿[①]能染翰。千里寄、小诗长简。想初襞[②]苔笺[③]，旋挥翠管[④]红窗畔。渐玉箸[⑤]、银钩[⑥]满。　　锦囊[⑦]收，犀轴[⑧]卷。常珍重、小斋吟玩。更宝若珠玑，置之怀袖时时看。似频见、千娇面。

〔注〕 ① 瑶卿：对女子的美称，不一定是真名。《太平广记》卷五六引《集仙录》："云华夫人，王母第二十三女，太真王夫人之妹也，名瑶姬。"《襄阳耆旧记》卷三"赤帝女曰瑶姬，未行而卒，葬于巫山之阳，故曰巫山之女。楚怀王游于高唐，昼寝，梦见与神通，自称巫山之女。" ② 襞：折叠。旧时写信须将

纸叠出痕迹，比照而写。 ③ 苔笺：一种以水苔为原料制作而成的纸张，浅碧色，纹理纵横，质坚而腻，柔韧异常，多由南越进贡，从西晋到明清都属于纸张中的珍品。李肇《国史补》："纸则有越之剡藤、苔笺，蜀之麻面、屑末、滑石、金花、长麻、鱼子十色笺。"王勃《乾元殿颂》序："金门献纳，纵麟笔于苔笺；石馆论思，核龟章于竹椠。" ④ 翠管：翠竹所制之笔。 ⑤ 玉箸：书体名，小篆。陈澧《摹印述》："篆书笔画两头肥瘦均匀，末不出锋者，名曰'玉箸'，篆书正宗也。"齐己《谢西川昙域大师玉箸篆书》："玉箸真文久不兴，李斯传到李阳冰。" ⑥ 银钩：书体名，草书。《书苑》："晋索靖草书绝代，名曰银钩虿尾。" ⑦ 锦囊：用锦制成的袋子，古人多用以藏诗稿或机密文件。 ⑧ 犀轴：用犀牛角制的书画卷轴。

【鉴赏】

《凤衔杯》是一首赠妓词，同类作品在《乐章集》中屡见不鲜，如《昼夜乐》"秀香家住桃花径"，《柳腰轻》"英英妙舞腰肢软"，《木兰花》"心娘自小能歌舞"、"佳娘捧板花钿簇"、"虫娘举措皆温润"、"酥娘一搦腰肢袅"等等。这些词着重刻画妓女的音容笑貌、舞姿歌喉和对男子的婉娈柔情。以《昼夜乐》为例，作者详细描写秀香的"层波细翦明眸，腻玉圆搓素颈""爱把歌喉当筵逞""言语似娇莺"，进而两人"拥香衾、欢心称""无限狂心乘酒兴"，充满世俗声色之意。与此相比，《凤衔杯》遗貌取神，重点描写"瑶卿"的诗文书法和两人的知己之情，可谓另辟蹊径。

"有美"一词出自《诗经·郑风·野有蔓草》："野有蔓草，零露漙兮。有美一人，清扬婉兮。"不言"美人"而言"有美"，更有空灵之意。瑶卿之名来自传说中的神女瑶姬，也带着几分飘渺神秘之感。瑶卿寄给作者一封写着漂亮诗句的信，作者因而想象出了整个创作过程：她在朱红色的窗下，仔细地叠好浅碧色的笺纸，然后握着翠绿的笔管一挥而就，写满如玉箸、如银钩的漂亮文字。"苔笺"、"翠管"、"红窗"、"玉箸"、"银钩"，字面华丽斑斓，令人直观感觉到这纸诗笺是何等珍贵。且"千里寄、小诗长简"，诗篇既短，书信却长，可见瑶卿的书信里不仅有诗，更有无数体贴和知心之语。她之所以用珍贵的苔笺来书写，写出的文字如玉箸、银钩一般美丽飘逸，不仅是她书法高超，更是对两人之间情感的看重。而作者也能体会到这一点，"想初襞苔笺，旋挥翠管红窗畔。渐玉箸、银钩满"，"初""旋""渐""满"，正是对瑶卿满怀真情运于笔端的传神写照。

下阕由此而生。作者收到了书信之后，珍而重之地把它收藏起来，以犀角为轴，以锦绣为囊，就像当年汉武帝珍藏西王母和上元夫人的天书一样。此处暗合"瑶卿"之名，可见作者是将她当作仙女一般来虔诚供奉，而"犀轴"亦有"心有灵犀一点通"之意。作者将瑶卿的书信妥善收藏，并不把它当作情场上的战利品在朋友中炫耀，而只是独自吟咏玩赏。斋指书房，而作者在斋前加一"小"字，一方面更显示"吟玩"的私密性，另一方面则含有斋戒之意。汉武帝观看王母天书，每次都"斋洁朝拜，烧香洒扫，然后乃执省焉"(《汉武帝内传》)，作者欣赏回味瑶卿的书信，心情也差近于此。他越回味越是爱之不已，简直无法放下，干脆"置之怀袖"，将它放于怀中时时观看。《古诗十九首》："客从远方来，遗我一书札。上言长相思，下言久离别。置书怀袖中，三岁字不灭。"作者的感情步步加强，从珍藏到吟玩，从吟玩到置之怀袖，瑶卿的书信象征着两人之间的感情，始终熨帖着作者的胸口。上阕中的"玉箸"、"银钩"之语，正为此处"宝若珠玑"埋下伏笔。

作者和瑶卿的感情与其说是男女之情，不如说是知己之情。《诗经·卫风·木瓜》中写："投我以木桃，报之以琼瑶。匪报也，永以为好也。"瑶卿寄信与作者，不是为了卖弄书法，而是知道作者能够明白她寄书的一片真情，而作者也确实能够了解她的情感，将书信奉若珍宝一般收藏起来，时时观看，每次都如同亲眼见到瑶卿一般，"似频见、千娇面"。全词处处暗示瑶卿的姿貌技艺、蕙质兰心，但并不粘滞于此，而将两人互相欣赏、互相珍重的情感作为刻画的重点。瑶卿“千里寄、小诗长简”，作者“常珍重、小斋吟玩”；瑶卿写信用的是“苔笺”“翠管”，作者藏信用的是“锦囊”“犀轴”；瑶卿写字如同“玉箸”“银钩”，作者随身佩戴，“宝若珠玑”。二者的心理、行动是一一对应的，情感在书信这一道具上达到了高度共鸣。柳永青年时代浪迹歌楼舞馆，和不少妓女结下了深厚的情感，虽然也免不了逢场作戏，“三千珠履，十二金钗”“眼前尤物，盏里忘忧”(《玉蝴蝶》)，但总体来说，他和她们的交往不像当时其他文人一样抱着“狎玩”的心态，将她们作为无聊生活中的点缀和调剂，而是对她们抱着相当程度的真诚爱慕。他理解她们丰富复杂的内心世界，同情她们无法自主的生活，欣赏她们的才能和美好。这不是“美人才子，合是相知”式的世俗宣言，而是深层次的精神吸引。他和她们同样为主流社会所排斥，却在对方身上寻找到了生命价值和情感依托。正因为此，《凤衔杯》虽是一首小词，却有一种真粹之质，温柔敦厚，含蓄隽永，这在赠妓词里是不多见的。

(孔燕妮)

鹤冲天

闲窗漏永[①]，月冷霜华堕。悄悄下帘幕，残灯火。再三追往事，离魂乱、愁肠锁。无语沉吟坐。好天好景，未省展眉则个[②]。　　从前早是多成破[③]。何况经岁月，相抛亸[④]。假使重相见，还得似、旧时么。悔恨无计那[⑤]。迢迢良夜，自家只恁摧挫[⑥]。

〔注〕 ① 漏永：夜长久。漏，报时的更漏，这里指时间。 ② 则个：语助词，

有加重语气的作用。 ③ 破：失败，不如意。 ④ 亸(duǒ)：同“躲”，避开，不见面。 ⑤ 无计那(nuǒ)：无可奈何。 ⑥ 摧挫：折磨；困扰。

这首词写单相思者在夜间浮想联翩的愁怨。这种出色的心理描写在词史上是罕见的。柳永写情，真率自然，而又各具情态。同样写离情，却表现出不同人物的性格化的特征。如《倾杯乐》(皓月初圆)，是写明月初升时对月抒怀，表达女主人公忠贞不渝的爱情和她对纯朴专一的爱情的渴望。而这一首词，则是写深夜的残月；在漏永月冷，灯残幕下的氛围中，女主人公对往事痛苦的追忆和对未来无可奈何的揪心的猜测。题材虽然同是月下抒怀，但所抒发的情思则各具特色。

词的上阕，是通过描写萧疏、冷落、幽凉的夜景，来烘托人物的“剪不断，理还乱”的万种愁思。起句“闲窗漏永”，点明夜深，“闲”字已暗示孤独，“漏”是报时的更漏，“永”字表明夜沉沉，一种孤独感覆压着她的心胸。这时候，窗外的月色又是那么凄清，“月冷霜华堕”，夜深霜凝，明月的清辉加重了人的幽冷的感觉，有似杜甫《月夜》诗中的“清辉玉臂寒”的艺术境界。室外是如此冷清，室内的情景又如何呢？“悄悄下帘幕，残灯火”，柳永勾勒出残灯冷照的画面，女主人公静悄悄地放下帘幕枯坐，灯油快烧干了，残灯发出微弱的光，这残灯的火焰衬托着“冷”月、“永”漏，以及已“堕”的霜华，构成了极其凄清孤寂的意境。这种客观景物的细笔描绘，反衬人物内心的寂寞和动荡不安，因而“再三追往事”一句，是从景语转到情语，由景及情。在这冷冷清清的长夜中，对着冷月残灯，往事的追怀反复出现，愁肠百结，“离魂乱，愁肠锁”，一个“乱”字，一个“锁”字，形象地写出她当时心绪的复杂和愁思的深沉，“离魂”与“愁肠”迭用，以增强浓重的感情色彩。在这样的环境气氛的渲染下，才把人物托出，“无语沉吟坐”，女主人公独坐无言，反复沉吟，思绪万

【鉴赏】

千，接着词意又是一个转折，“好天好景，未省展眉则个”，这是沉吟独坐的人所发出的感慨，在这样美好的良夜中，我为什么愁眉不展呢？柳永以人物的喟叹，结束了上阕由景及情的描写，词中人物在迷茫的月景中所触发的情思，很自然地交织在一起了。

下阕是紧接上文，回答了“好天好景，未省展眉则个”的原因。指出她“离魂乱，愁肠锁”的症结所在。她内心深处思绪激荡，千回百转。“从前早是多成破”，回忆最初相识情景，想来早就出现了不会有好结果的征兆。“破”指失败，不如意，开头就不大好。“何况经岁月，相抛弹。”思想又深入一层，“弹”是躲开，不见面。即是说，何况岁月长久，又是互相之间不见面，所以更无法互相了解。在这样的思想状态下，她的感情更加蕴藉而又曲折，“假使重相见，还得似、旧时么”？她自己无可奈何地提出设问，即使再次见面，会不会像旧时一样呢？猜测和疑虑，煎熬着主人翁的心，情思缠绵；她所提出的问题，自己也是无法回答的。“悔恨无计那”，她纵使悔恨莫及，但也无可奈何。最后只能自怨自艾，忍受着内心的痛苦，“迢迢良夜，自家只恁摧挫”。“良夜”与上阕“好天好景”互相照应，点出了她“未省展眉则个”的原因，是她自己在漫长的良夜里，自我折磨困扰，无法摆脱。全篇的感情回环反复，词意跌宕多姿，表达了女主人公相思苦恋之情。

毛晋在为《乐章集》作跋时，说柳永“工于羁旅悲怨之辞、闺帷淫媟之语”，就这首词来看，毛晋的概括是有道理的。柳永这类作品，不像贵族文人的词的稳重典雅格调，而是采用白描的手法，忠实地、细致地描绘心灵深处的细腻感情。这首词，无疑是一位单恋歌妓的内心独白；她在长夜冷月的残灯下，娓娓自语沉吟，她的愁思，她的放浪的心绪，表现了一种青春的活力和热烈的追求，但她在社会的重压下，无法实现，因此深夜之中陷入痛苦的重重矛盾的思绪交织之中。柳永以直抒胸臆的方式来写景状物抒情，吸收了通俗文学的大胆坦率的手法，像《敦煌曲子词》中《望江南》“天上月，遥望似一团银。夜久更阑风渐紧，为奴吹散月边云，照见负心人”一样，把心境和盘托出。这首《鹤冲天》，也有类似风格，但作品在表达方式上却婉转曲折。由“从前早是多成破”到最后的“悔恨无计那”，“自家只恁摧挫”，感情自然流转，回环往复，把相思之情写得极其生动逼真，因而增强了作品的真实感。

柳永不仅是在艺术风格和内容的表达方式方面向民歌学习，而且在语言上也以民间口语入词，如“多成破”、“则个”、“旧时么”、“无计那”等，都是宋代民间的口语，柳永在词作中应用得贴切自如，有如说话一般。他把这些通俗的词语艺术化，使读者好似在听到这位主人翁的倾诉，听到她灵魂深处的呻吟。她的心声表达了一个社会底层的歌女的哀怨和愁思。柳永学习民歌，但对民歌有所发展，自成一格。夏敬观在《手评乐章集》中说：“耆卿词、当分雅、俚二类。……俚词袭五代淫诐之风气，开金、元曲子之先声，比于里巷歌谣，亦复自成一格。”点明了这一特点。

（唐玲玲）

玉楼春

星闱①上笏②金章③贵。重委外台④疏近侍。百常⑤天阁⑥旧通班⑦，
九岁国储⑧新上计。　　太仓日富中邦⑨最。宣室夜思前席对⑩。
归心怡悦酒肠宽，不泛千钟应不醉。

〔注释〕 ① 星闱：闱，本指古代宫室、宗庙的旁侧小门，又可指宫门、宫殿。星闱，代指朝廷。 ② 上笏：笏，一名手板，朝见时手中所拿的狭长板子，用玉、象牙等制成，上面可以记事。上笏，这里代指高官显贵。 ③ 金章：一说指官印，一说指高级官员的官服。 ④ 外台：泛指外廷诸臣。《后汉书·袁

【鉴赏】

绍传》:"坐召三台,专制朝政。"李贤注引《晋书》:"汉官,尚书为中台,御史为宪台,谒者为外台,是谓三台。"按此"外台"与"近侍"(即内侍)意义相对,泛指外臣。 ⑤ 百常:一千六百尺。八尺为寻,倍寻为常。言极高。 ⑥ 天阁:指尚书台。 ⑦ 通班:谓显要的官职。唐刘知幾《史通·忤时》:"仆少小仕,早蹑通班。" ⑧ 九岁国储:指太子赵祯。天禧二年(1018)九月,宋真宗册立赵祯为太子,时赵祯年方九岁。 ⑨ 中邦:中原,中国。《书·禹贡》:"成赋中邦。"蔡沈集传:"中邦,中国也。" ⑩ 宣室:古代宫殿名,此泛指帝王所居的正室。

大约在宋真宗天禧元年(1017)前后,柳永怀抱着理想从故乡崇安来到京城,从此开始了其旅居京华的十载生涯。初到京城的柳永,心中充满了进取的热情,而此时的北宋又恰逢盛世,经济发展,政治亦比较清明,故柳永心中对朝廷充满了认同感。宋真宗天禧二年(1018)九月,宋朝发生了一件大事:时年年方九岁的赵祯被真宗正式册立为皇太子。消息传出,朝野称贺,柳永便也于此时写下了这首称颂朝廷的《玉楼春》词。

"星闱上笏金章贵。"首句极富丽。帝都之中,朝廷之上,各式各样的达官显贵,一个个衣紫腰黄,围绕着皇帝,仿如众星捧月一般,好一派热闹气象!"重委外台疏近侍。"外台,与"近侍"对言,盖泛指外廷诸官。历来各朝,朝政多有乱于宦官近侍者,故自大宋建立以来,各朝君主无不小心防范内臣对朝政的腐蚀与影响。《宋史全文》卷五:"丁未景德四年(1007)春二月,上(即宋真宗)谓辅臣曰:'前代内臣恃恩恣横,蠹政害物,朕常深以为戒。至于班秩赐与,不使过分,有罪未尝矜贷。'王旦等曰:'陛下言及此,社稷之福也。'"能杜绝内宦之祸,历来被看作是成为明君的必要条件。而明白了这一点,本朝为何会出现首句所说的那种升平气象,似乎便也有了答案。

【鉴赏】

“百常天阁旧通班，九岁国储新上计。”上文赞颂真宗“以外统内”的明智做法，此又夸赞其另一圣明举措，即早定太子。所谓太子者，乃国储副君，立太子则民心知所归依，同时又不知能避免多少争权夺利的宫廷内斗。而从日后仁宗皇帝的所作所为来看，真宗此刻的选择还真不是太坏。“旧通班”云云，盖谓朝中皆耆旧重臣，并非是特指某一人、某一官。

下片“太仓日富中邦最”与“宣室夜思前席对”是继续称颂宋真宗的治绩。太仓，原指京城储谷的大仓，此泛指官仓。在皇帝的圣明治下，社会财富与日俱增，中国之富庶天下称最。况且皇帝又是如此的礼贤下士，日夜勤政，我们怎么能不爱戴这样一位明君呢？“宣室夜思前席对”和李商隐“可怜夜半虚前席，不问苍生问鬼神”（《贾生》）用的是同一个典故，不过所表达的意思恰好相反。

“归心怡悦酒肠宽，不泛千钟应不醉。”结尾终于由星闱上笏写到了市井民间。生在如此的富裕之国，拥有如此贤明的君主，又身处如此繁华的京城，怎能不开心、不开怀痛饮呢？此是道天恩下沐，举国俱欢之意。其写法和柳永的另一首《玉楼春》的结句“金吾不禁六街游，狂杀云踪并雨迹”类似，都是称颂朝廷的恩典及于民间。归心，犹言安附之心。或言“归心”为欲归之心，其说值得商榷——柳永下一年还在京城参加进士考试，若此时言归去，未免太早。

本词从内容上来讲，属于称颂朝廷的颂体词。现代人对此种词往往不太重视，但古人对这类词看得颇高。宋黄裳《演山集》卷三十五《书乐章集后》：“予观柳氏乐章，喜其能道嘉祐中太平气象，如观杜甫诗，典雅文华，无所不有。是时予方为儿，犹想见其风俗，欢声和气，洋溢道路之间，动植咸若。令人歌柳词，闻其声，听其词，如丁斯时，使人慨然有感。呜呼！太平气象，柳能一写于乐章，所谓词人盛世之黼藻，岂可废耶？”对于柳词的艺术表现力作了高度肯定。又宋李之仪《姑溪居士前集》卷四十《跋吴师道小词》论

【原文】

词之流变:“唐人但以诗句而下用和声抑扬以就之,若今之歌《阳关》是也。至唐末,遂因其声之长短句而以意填之,始一变以成音律,大抵以《花间集》中所载为宗,然多小阕。至柳耆卿,始铺叙展衍,备足无余,形容盛明,千载如逢当日。”对于柳词的文学史地位亦有说明。所谓“铺叙展衍”,其实就是通常所说的“赋”法,“赋者,铺也。铺采摛文,体物写志也”(《文心雕龙·诠赋》)。将赋法引入词,尤其是长调词的创作,是柳永最大的艺术贡献之一。而所谓的“形容盛明”,恰恰也是传统的赋体文所要承担的任务之一。故从“文用”论,柳永其实也是将词“赋化”了。人但知苏轼“以诗为词”推高了词体地位、扩大了词的表现范围,却很少意识到柳永“以赋为词”同样是抬高了词体地位、扩大了词的表现范围。为了使传统的词体能够适合表现政治生活的需要,柳永不仅广泛地使用长调,而且大大增加了词中的知识密度。古人批评柳永,多有言其词语卑下者,然观本词所使用的种种词语,如星闱、上笏、宣室等,都本于经史,皆出有源。故知决定词的语体风格的,其实主要还是内容。柳词所包括之内容极多,故其具有的语言风格亦极多,正不可一概而论。

(刘竞飞)

传花枝

平生自负[1],风流[2]才调[3]。口儿里、道[4]知张陈赵。唱新词,改难令[5],总知颠倒。解刷扮[6],能呋嗽[7],表里都峭[8]。每遇著、饮席歌筵,人人尽道:可惜许老了。　　阎罗大伯曾教来,道人生、但不须烦恼。遇良辰,当美景,追欢买笑。剩[9]活取百十年,只恁[10]厮好[11]。若限满[12]、鬼使来追[13],待[14]倩个[15]、掩[16]通[17]著[18]到。

【鉴赏】

〔注〕 ① 自负:自恃。 ② 风流:这里指英俊杰出而倜傥不羁的情调。 ③ 才调:才气。 ④ 道:指"拆白道字"而言,是宋元时盛行的一种用拆字法说话表意的文字游戏。 ⑤ 令:这里指曲调。 ⑥ 刷扮:涂刷,打扮。 ⑦ 呠(pēn)嗽:喷漱之异写,指吐出和吮入,语出《西京杂记》。 ⑧ 峭:峻峭,陡直。 ⑨ 剩(shèng):尽,多。 ⑩ 恁(nèn):这样。 ⑪ 厮好:相好。 ⑫ 限:大限,谓人生寿命的期限。 ⑬ 追:捕拿。 ⑭ 待:将,打算。 ⑮ 倩:请求别人作事叫"倩"。 ⑯ 掩:捕,这里指捕者。 ⑰ 通:到达。 ⑱ 著:同"着",意为"应得"、"应要"。

宋人黄庭坚在《胡宗元诗集序》中,提出一个看法:

> 士有抱青云之器,而陆沉林皋之下,与麋鹿同群,与草木共尽,独托于无用之空言,以为千岁不朽之计。谓其怨耶,则其言仁义之泽也;谓其不怨耶,则又伤己不见其人。然则,其言不怨之怨也。

放在宋代社会环境下,这个观点是比较深刻的。他叫人看待一家作品,不要只停留在表面就事论事,而应该把它放到广阔的参考系统中去识别它的潜在意义,比如由"不怨"而看到"怨"。由于黄庭坚有这样的认识,所以他在为晏幾道的《小山词》作序时,认为小晏那些词都是"寓以诗人句法",是别有含蕴的,而一般士大夫"罕能味其言",少有人真正体会得到。叹息之余,他又为自己那些模仿柳永曾被人骂为"当下犁舌地狱"的小词作解释,说:"特未见叔度之作耶?"由此可以窥见,当柳词盛行市井民间而为一般士大夫诟病之时,黄庭坚内心深处是对它别有见解的。随着文学历史的发展,人们终于能够把柳词放到更大的参考系中评论它的意义了。清人况周颐《蕙风词话》指出：

柳屯田《乐章集》为词家正体之一，又为金元以还乐语所自出。

近人夏敬观《手评乐章集》也谓：

俚词袭五代淫诐之风，开金、元曲子之先声，比于里巷歌谣，亦复自成一格。

尽管况、夏二家在具体价值估量上还稍有不同，但指出柳词与金元以来散曲杂剧之间有着特殊的承继关系，倒是完全正确的，因而为一般研究者所接受。

说柳词与金元乐语的关系，这是一个大题目，本文不拟多说。最简直地讲来，形式上，柳词之“铺叙展衍，备足无余”（李之仪《姑溪题跋》）、“音律谐婉，词意妥帖”（《直斋书录解题》）、“细密而妥溜，明白而家常”（《艺概》）、“旖旎近情，使人易入”（《四库全书总目提要》）等等特点，与元人曲语之明快泼辣、奔放淋漓，本质是相通的。艺术传达上追求细、密、透，是它们之间显著的共同点。如从内容上看，柳词以狂荡的笔调写狂荡的生活，即对于“偎红倚翠，风流事、平生畅”的自得自乐，和“才子词人、自是白衣卿相”的自豪自傲，与元人作品（特别是散曲）中所歌唱的书会才人们出入勾栏、流连坊曲的“浪子风流”情调，本质上也是相通的；追求个人精神上的自由、满足，对封建秩序和传统封建思想构成潜在的破坏性，又是它们显著的共同点。产生这些共性的根本原因，当然是由于封建社会向后期发展，城市经济繁荣，市民阶层出现，因而在精神领域产生新的因素而带来的。以“铜豌豆”精神为特征、被推为浪子精神最强音的关汉卿散曲《不伏老》，在意与辞两方面都脱胎于柳永的《传花枝》,柳词与金元乐语的关系在这里像露天矿一样得到赤裸裸的展现,这确是文学史上有趣而值得注意的现象。

《传花枝》是《鹤冲天》的姐妹篇。柳永少年时就精于音律,善作歌词,教坊乐工得新腔,求他作词,以是名入禁中。可是由于他不善阿谀,这样的创作反而造成了仕途的坎坷。当他写了《鹤冲天》,流露出轻视功名利禄、表现了对封建统治者的不满后,又招来更大的排斥。在这种情况下,他对现存的封建秩序和封建统治阶级的认识有所加深,滋长了怀疑性思考。另一方面,长期与乐工、歌女等底层人民接触,在偎红倚翠、度曲填词、拍板较艺的艺术生涯中,他却又看到了自己生命的价值表现,从而又强化了他积极生活的信念。这两方面结合起来,就形成了在本词中所喷射出来的早期的"铜豌豆"精神:以风流才调自负,以浪子生涯自得,人非之而不悔,见阎王而不变,以此傲视功名,鄙薄流俗,从而表现其不屈服于封建统治的坚韧、顽强的意志和乐观、幽默的性格。

词的上片主要写浪子生涯的自得情怀。

"平生自负,风流才调。"说平生,意谓不是暂时,不是偶然,是一贯。自负,这里包容有自恃、自赞、自赏等诸种含义,情调是自信而愉悦的。风流才调,指英俊杰出而又倜傥不羁的才气。这八个字开头,读来有一字一顿之感,犹如舞台上小生出场的定场诗一样,很有分量。它既是全词的基调,又是上片的总冒。下面就从各个方面以淋漓尽致的铺衍来充实"风流才调"四个字的内涵。

"口儿里、道知张陈赵。"这个道,就是拆白道字的道。这是宋人爱用的一种用拆字法说话表意的文字游戏,当然在一定意义上也是对文人才学和机敏的一种检验。见之于诗词中的,一般人最熟悉的就是黄庭坚《两同心》词中"你共人女边着子,争知我门里挑心"两句,这就是拆开"好闷"二字为语。柳永于此,的确十分内行,不仅平常讲得极好,流传下来的词中也有很妙的佐证。比如他的《西江月》下片："幸自苍皇未款，新词写处多磨。几回扯了又重挼。奸(姦)字中心着我。"末句就是用"拆白道字"方式，表示他无所偏袒，愿意等距离站在三位女性友人中间。"道知张陈赵"的意思，就是不论张陈赵等什么人什么字，都可以任意拆说，毫不困难。这句话是举"拆白道字"一点，表示其"多才"，是"风流才调"的第一方面。

"唱新词，改难令，总知颠倒。"词，指歌词；令，指曲调。这里的唱和改，是互文见义。新词和难令都有一个唱和改的问题。前者是为乐工们的新腔谱写新词，后者是改旧声为新声或自创新调。说到写新词，整个《乐章集》就是佐证。改旧声为新声，如《定风波》、《婆罗门》、《长相思》、《望远行》等曲调，在敦煌曲子词中都是小令，柳永则改之为慢词。"总知颠倒"，犹言晓得倒顺，即识门径、知道路之谓，言下之意，说自己对这些事精熟有余，没一样难得倒我。这句话举作词改曲，以概其"多艺"，是"风流才调"的第二方面。

"解刷扮，能哄嗽，表里都峭。"刷扮，犹今言修饰打扮。古代男性修整仪容，发鬓髭须都有梳刷涂抹的办法，故言"刷"。"解刷扮"，犹今言深通化妆术。哄嗽，谈养生的术语。宋人盛行修炼延年之方，流行论述，多达数百种，当然大同小异者居多，而哄嗽是其中主要功夫之一。"能哄嗽"，犹今言深懂气功。"表里都峭"，总上两方面而言。深通化妆术，故外表峻美；气功功夫深，故身子内在方面结实陡健。"峭"字用之于外貌，犹今言"笔挺"，不是弯腰驼背；用之于内体，犹今言"硬扎"，不是软病无力。"表里都峭"，言简意赅地道出了健美的风度。倘用"俏"字，便只有秀丽、美好、苗条等义而没有上面所说那些意思了。柳永甚至在形容女性活泼美丽时，也用这个峭字，如《木兰花》中："星眸顾指精神峭"，也指内在神韵陡健有力，生龙活虎，真色真香，而不是那种弱不禁风的病态美。由此亦可窥见柳永审美理想中富于奔放感的那一面。这句话写身心健美、风度翩翩，是"风流才调"的第三方面。

以上三个方面铺写风流才调，饱含自得自赏之情。由于这些在当时被人视为“不检率”、“儇薄无行”等等，所以，作者这样写，潜在地就包含了对种种责难的傲视、鄙夷之意。紧接着下面一句就正面挑明了这一点。

“每遇著、饮席歌筵，人人尽道：可惜许老了。”人人尽道，与前文“平生自负”，是有意识的呼应对举。显出人言汹汹，我行我素。“可惜许”的“许”，这里应该作为实词“这样”来理解。可惜就这样过了一生，老了！完了！此句以较空灵的语言暗括了时人的种种斥责，读者不难从这五个字中想见那些指手画脚者流的嘁嘁喳喳的神态和“不成才”、“不成器”一类的责骂。

作者对这些斥责是不以为然的，对于“老”是不伏的。这个潜在的意念构成了上下片之间的过渡和关联。所以下片就以更高亢的神态、迂回的手法、诙谐的语言，轻蔑地回击这些指责。词中借阎罗王的语言，写出坚持自己的生活道路死而不渝的意志，展现出乐观顽强的性格。

“阎罗大伯曾教来”，这话也是突兀而起。阎罗是地狱的主宰，铁面无私的神。柳永的同时代人称赞清官包拯，就有“关节不到，有阎罗包老”的话，可见宋人对阎罗权威的敬畏。而柳永笔下的阎罗对他却是友好的、鼓励的。用“大伯”昵称阎罗，诙谐中寓寄无畏的精神，暗暗含着对人间公卿的傲视。这句话，振起下片，有高屋建瓴之势，下面就如流水般倾泻阎罗的教诲和鼓励。

“道人生、但不须烦恼。”但，这里是“只管”、“尽管”的意思。人生在世，尽管不用忧愁烦恼。应该怎样呢？“遇良辰，当美景，追欢买笑。”碰上良辰美景，尽量去享受歌笑，寻取欢乐。谢灵运说：“天下良辰、美景、赏心、乐事，四者难并。”良辰、美景是客观条件，赏心、乐事是主观条件。阎罗王劝柳永，碰上好的时光风物，不要放过，要尽量创造主观条件去享受生活的欢乐。为什么要这样呢？阎罗关照说：“剩活取百十年，只恁厮好。”在法定范围内，让你尽量生活，活个百十年，我只能对你这样好了。阎罗是永远公

【鉴赏】

道、正直无私的。法定的时间，不给你增加，也不给你减少，倒是好心劝你要“充分利用”。这话背后还有一层意思，就是生命是天地给的，阎罗王也不会克扣一点，应该自己来主宰。这里有一种对封建统治人身束缚的怀疑精神。

“若限满、鬼使来追，待倩个、掩通著到。”这是阎罗王最后知会柳永的话。限，大限，寿数。限满，就是寿数满，死期来临。那时候，冥间的差役来捉拿你，我只求你做到一点：掩捕的鬼卒到达，你就得立刻随同他们来我处报到，干干脆脆，不要赖皮。阎罗是在给柳永说条件，这几十年我让你尽量欢乐，到时候你得对我讲信用，该来就来。很明显，透过阎罗大伯口中诙谐幽默之语，实际上表现的是柳永自己的生死观，宣布了他照自己愿望生活死而不变的决心，曲折地展现了一种顽强乐观的精神。

这首词以狂放的笔调，写狂荡的生涯。气势浑灏，可以说笔未到时意已吞。上下片起句都极为高亢，自然妥帖而又淋漓尽致，一片奔放的豪迈不羁之情贯穿始终。

善于铺叙，一气贯注，首尾完整，本是柳词特点。这首词上片铺叙“风流才调”，按才、艺、貌三面展开。下片写阎罗的教诲，铺衍中有曲折层次：尽量不须烦恼，一顿；尽量追欢买笑，一顿；活取百十年，关照到顶，一顿；务请不失信用，结束。通过这中间的进退转折，很好地渲染了阎罗的幽默口吻，表现了作者的情怀。

关汉卿的名作《不伏老》，是人所熟悉的。其中“郎君领袖”、“浪子班头”，就是受启发于这里的“风流才调”。其“玩的是梁园月”以下一层和“会围棋”以下一层的排比，是明显地继承本词上片写法而又扩展之。其“你道我老也暂休”和“阎王唤”“小鬼勾”等构想，均是本词“可惜许老了”和阎罗教语的发展。可以说，关汉卿的“铜豌豆”精神，在本词中确实粗具梗概。当然，由于作者所处时代的具体差别，如元代社会的混乱超过北宋而某些方面的自由亦超过北宋，元代社会内部阶级矛盾和民族矛盾比北宋激烈，知识分子地位、出路比北宋更低下、更窒息，加上作者的出身、经历差别，以及散曲在体式上较之宋词表现上更具有利因素等等情况，使得关曲比柳词更强烈、更激荡、更奔放、更淋漓、更严整、更混茫。这是要承认的。但就表现历史上发展着的"铜豌豆"精神而言，它们确是前后相继的双璧。

（张志烈）

雨霖铃

寒蝉凄切。对长亭晚，骤雨初歇。都门帐饮无绪，留恋处、兰舟催发。执手相看泪眼，竟无语凝噎。念去去、千里烟波，暮霭沉沉楚天阔。　　多情自古伤离别，更那堪冷落清秋节！今宵酒醒何处？杨柳岸、晓风残月。此去经年，应是良辰好景虚设。便纵有千种风情，更与何人说？

此词当为词人从汴京南下时与一位恋人的惜别之作。柳永因作词忤仁宗，遂"失意无俚，流连坊曲"，为歌伶乐伎撰写曲子词。由于得到艺人们的密切合作，他能变旧声为新声，在唐五代小令的基础上，创制了大量的慢词，使宋词开始了一个新的发展阶段。这首词调名《雨霖铃》，盖取唐时旧曲翻制。据《明皇杂录》云，安史之乱时，唐玄宗避地蜀中，于栈道雨中闻铃音，起悼念杨贵妃之思，"采其声为《雨霖铃》曲，以寄恨焉"。王灼《碧鸡漫志》卷五云："今双调《雨霖铃慢》，颇极哀怨，真本曲遗声。"在词史上，双调慢词《雨霖铃》最早的作品，当推此首。柳永充分利用这一词调声情哀怨、篇幅较长的特点，写委婉凄恻的离情，可谓尽情尽致，读之令人於悒。

词的上片写一对恋人饯行时难分难舍的别情。起首三句写别时之景，点明了地点和节序。《礼记・月令》云："孟秋之月，寒蝉鸣。"可见时间大约在农历七月。然而词人并没有纯客观地铺叙自然景物，而是通过景物的描写，氛围的渲染，融情入景，暗寓别意。时当秋季，景已萧瑟；且值天晚，暮色阴沉；而骤雨滂沱之后，继之以寒蝉凄切：词人所见所闻，无处不凄凉。加之当中"对长亭晚"一句，句法结构是一、二、一，极顿挫吞咽之致，更准确地传达了这种凄凉况味。

前三句通过景色的铺写，也为后两句的"无绪"和"催发"设下伏笔。"都门帐饮"，语本江淹《别赋》："帐饮东都，送客金谷。"他的恋人在都门外长亭摆下酒筵给他送别，然而面对美酒佳肴，词人毫无兴致。可见他的思绪正专注于恋人，所以词中接下去说："留恋处、兰舟催发"。这七个字完全是写实，然却以精练之笔刻画了典型环境与典型心理：一边是留恋情浓，一边是兰舟催发，这样的矛盾冲突何其尖锐！林逋《相思令》云："君泪盈，妾泪盈，罗带同心结未成，江头潮欲平。"仅是暗示船将启碇，情人难舍。刘克庄《长相思》云："烟迢迢，水迢迢，准拟江边驻画桡，舟人频报潮。"虽较明显，但仍未脱出林词窠臼。可是这里的"兰舟催发"，却以直笔写离别之紧迫，虽没有他们含蕴缠绵，但却直而能纡，更能促使感情的深化。于是后面便迸出"执手相看泪眼，竟无语凝噎"二句。语言通俗而感情深挚，形象逼真，如在目前。寥寥十一字，真是力敌千钧！后来传奇戏曲中常有"流泪眼看流泪眼，断肠人对断肠人"的唱词，然却不如柳词凝练有力。那么词人凝噎在喉的是什么话呢？"念去去"二句便是他的内心独白。词是一种依附于音乐的抒情诗体，必须讲究每一个字的平仄阴阳，而去声字尤居关键地位。这里的去声"念"字用得特别好。清人万树《词律发凡》云："名词转折跌荡处，多用去声，何也？三声之中，上、入二者可以作平，去则独异。……

当用去者，非去则激不起。”此词以去声“念”字作为领格，上承“凝噎”而自然一转，下启“千里”以下而一气流贯。“念”字后“去去”二字连用，则愈益显示出激越的声情，读时一字一顿，遂觉去路茫茫，道里修远。“千里”以下，声调和谐，景色如绘。既曰“烟波”，又曰“暮霭”，更曰“沉沉”，着色可谓浓矣；既曰“千里”，又曰“阔”，空间可谓广矣。在如此广阔辽远的空间里，充满了如此浓密深沉的烟霭，其离愁之深，令人可以想见。

上片正面话别，到此结束；下片则宕开一笔，先作泛论，从个别说到一般，得出一条人生哲理：“多情自古伤离别”。意谓伤离惜别，并不自我始，自古皆然。接以“更那堪冷落清秋节”一句，则为层层加码，极言时当冷落凄凉的秋季，离情更甚于常时。“清秋节”一辞，映射起首三句，前后照应，针线极为绵密；而冠以“更那堪”三个虚字，则加强了感情色彩，比起首三句的以景寓情更为明显、深刻。“今宵”三句蝉联上句而来，是全篇之警策，后来竟成为苏轼相与争胜的对象。据俞文豹《吹剑录》云：“东坡在玉堂日，有幕士善歌，因问：‘我词何如柳七？’对曰：‘柳郎中词，只合十七八女郎，执红牙板，歌“杨柳岸晓风残月”。学士词，须关西大汉，(执)铜琵琶，铁绰板，唱“大江东去”。’”这三句本是想象今宵旅途中的况味：一舟临岸，词人酒醒梦回，只见习习晓风吹拂萧萧疏柳，一弯残月高挂杨柳梢头。整个画面充满了凄清的气氛，客情之冷落，风景之清幽，离愁之绵邈，完全凝聚在这画面之中。比之上片结尾二句，虽同样是写景，写离愁，但前者仿佛是泼墨山水，一片苍茫；这里却似工笔小帧，无比清丽。词人描绘这清丽小帧，主要采用了画家所常用的点染笔法。清人刘熙载在《艺概》中说：“词有点，有染。柳耆卿《雨霖铃》云：‘多情自古伤离别，更那堪冷落清秋节。今宵酒醒何处？杨柳岸、晓风残月。’上二句点出离别冷落，‘今宵’二句乃就上二句意染之。点染之间，不得有他语相隔，隔则警句亦成死灰矣。”也就是说，这四句密不可分，相互烘托，相互陪衬，中间若插上另外一句，就破坏了意境的完整性，形象的统一性，而后面这两个警句，就将失去光彩。

“此去经年”四句，构成另一种情境。因为上面是用景语，此处则改用情语。他们相聚之日，每逢良辰好景，总感到欢娱；可是别后非止一日，年复一年，纵有良辰好景，也引不起欣赏的兴致，只能徒增枨触而已。“此去”二字，遥应上片“念去去”；“经年”二字，近应“今宵”，在时间与思绪上均是环环相扣，步步推进，可见结构之严密。“便纵有千种风情，更与何人说”，益见钟情之殷，离愁之深。而归纳全词，犹如奔马收缰，有住而不住之势；又如众流归海，有尽而未尽之致。其以问句作结，更留有无穷意味，耐人寻绎。

耆卿词长于铺叙，有些作品失之于平直浅俗，然而此词却能做到“曲处能直，密处能疏，奡处能平，状难状之景，达难达之情，而出之以自然”（冯煦《六十一家词选例言》论柳永词）。像“兰舟催发”一语，可谓兀傲排奡，但其前后两句，却于沉郁之中自饶和婉。“今宵”三句，寄情于景，可称曲笔，然其前后诸句，却似直抒胸臆。前片自第四句起，写情至为缜密，换头却用提空之笔，从远处写来，便显得疏朗清远。词人在章法上不拘一格，变化多端，因而全词起伏跌宕，声情双绘，付之歌喉，亦能奕奕动人。

（徐培均）

慢卷紬

闲窗烛暗，孤帏夜永，欹枕难成寐。细屈指寻思，旧事前欢，都来未尽，平生深意。到得如今，万般追悔。空只添憔悴。对好景良辰，皱着眉儿，成甚滋味。　　红茵翠被。当时事、一一堪垂泪。怎生得依前，似恁偎香倚暖，抱着日高犹睡。算得伊家，也应随分,烦恼心儿里。又争似从前,淡淡相看,免恁牵系。

诗到李贺、李商隐,开始将描写的笔触转向人的心理和情感世界。词到柳永,也发生了一个类似的转向。花间词写女性,往往侧重于女性的外貌。而北宋早期的一些词家,如晏殊、欧阳修等人,虽亦曾触碰到女性的情感世界,但其描写却常常是写意式的。如晏殊的“心事一春犹未见,红英落尽青苔院”(《蝶恋花》),欧阳修的“蓦然旧事上心来,无言敛皱眉山翠”(《踏莎行》),其写情都是点到即止。唯有柳永,最善用赋法写情,又多用长调,渲染铺陈,环环曲折,摹情状物,层层递进,于细枝末节处,无不刻写备尽,故最能得酣畅淋漓之美。这一首《慢卷紬》,就是这样一首以长调写情的名作。

“闲窗烛暗,孤帏夜永,欹枕难成寐。”这是为相思提供了时间和场所。像柳永的很多词一样,相思是由肉体上的冷落引发的。中国式的爱情,往往是和肉体直接相联的,这恐怕是和西方柏拉图式的精神恋爱不同的。“细屈指寻思,旧事前欢,都来未尽,平生深意。到得如今,万般追悔。”人犹然欹枕而卧,但思想却穿越了时空的限制,这是柳永词中常见的写法。“都来”,犹言算来。两人曾经有过快乐的日子,但这快乐却反将现在衬托得更加孤清。“万般追悔”,似乎暗示了当时的分别并不是不可挽回,是能挽回而未挽回,这就更使人觉得遗憾。“空只添憔悴。对好景良辰,皱着眉儿,成甚滋味。”此句又回到了现实。由现在而追忆,由追忆又回到现实,这不是章法上的错乱,而是对人思维活动的本然呈示。

“红茵翠被。当时事、一一堪垂泪。”此处又由眼前写到过去。“怎生得依前,似恁偎香倚暖,抱着日高犹睡。”毋庸讳言,这里面所写的又是一种肉体记忆。宋朝的沈义父曾说“康伯可、柳耆卿音律甚协,句法亦多有好处,然未免有鄙俗语。”(《乐府指迷》)将人类内心最隐秘的感受呈现于人前,从这个角度来说,柳永的这段描写,大约也算是“鄙俗语”的一种吧。但从心理描写的角度来说,这种描写却又是如此真实。这种描写并非是借助象征或暗示来完成——就像李贺或李商隐常做的那样——相反,直白和不加修饰才是其最突出的亮点。文学的最高准则是什么?是真实标准还是道德信条?对于这个问题,柳永似乎和其他大多数人有着不同的答案。

“算得伊家,也应随分,烦恼心儿里。”到了后面,主人公又来了一个换位思考。“也应随分”,即“也应同样”之意。明明是自己为相思烦恼,却偏偏写对方烦恼,这和老杜《月夜》诗“公本思家,偏想家人思己”(明王嗣奭《杜臆》)的写法十分类似。这一想,越发地显出二者的亲密。“又争似从前,淡淡相看,免恁牵系。”因为相思缠绵不断,故末尾下一了断语:如果早知如此为爱受伤,为爱牵挂,还不如保持君子之交淡如水的关系,也省得劳神牵想!正因有此深情,故而有此痛语。

柳永此词所写,内容其实十分简单,唯一“情”字而已,并无惊天动地的题材。而其所写之情,深沉而又平凡,并且和肉体的感受紧紧纠缠在一起。在一个古典道德盛行的时代,柳永这种词的出现,无疑具有某种现代意义。柳永用他的词,为我们揭开了一段久被道德的面纱所掩盖的真实的世俗记忆。

(刘竞飞)

迷仙引

【原文】

才过笄年,初绾云鬟,便学歌舞。席上尊前,王孙随分相许。算等闲、酬一笑,便千金慵觑。常只恐、容易蕣华偷换,光阴虚度。

已受君恩顾，好与花为主。万里丹霄，何妨携手同归去。永弃却、烟花伴侣。免教人见妾，朝云暮雨。

柳永青年时代长期流连坊曲，熟悉民间歌妓的生活，也深知她们的痛苦并真正地同情她们。在《迷仙引》里，作者表达了她们的呼声，其中蕴含着她们辛酸痛苦之情。宋代隶属娼籍中的人，情形很复杂，有的纯是出卖色相，有的侍宴侑酒，歌妓则是以小唱为职业的女艺人。民间歌妓大都是贫苦人家女子，因其家遭受灾荒或为缴纳赋税而被卖入娼家的，也有被诱拐而误入风尘的。宋人金盈之说："诸女自幼丐育，或佣其下里贫家，无赖之徒，潜为渔猎；亦有良家子，为其家聘之后，以转求厚赂，误缠其中，则无以自脱，且教之歌，久而卖之。其日赋甚急，微涉退怠，鞭扑备至。年及十二三者，盛饰衣服，即为娱宾之备矣。"（《新编醉翁谈录》卷七）从柳永所描述的这位歌妓的情形来看，她也是幼年沦落娼籍的，但并非流浪于茶楼酒肆中"不呼自来筵前歌唱，临时以些小钱物赠之而去"（《东京梦华录》卷二）的下等女艺人，而是属于歌楼中较为高级的歌妓。

全词通过一位民间歌妓对自己所信任的男子的自述，表现她对自由生活的向往和追求。据她自己说，刚成长为少女时便学习歌舞了。古代女子年满十五岁，开始梳绾发髻，插上簪子，称为"及笄"，标志成年了。由于她身隶娼籍，学习伎艺是为了在歌筵舞席之上"娱宾"，以成为娼家牟利的工具，当然也可得到宾客一些赏钱而归自己。她们个人生活往往是很悲惨的，尤其是精神生活。在封建社会后期的市民生活中普遍盛行着拜金主义，但这位歌妓并非狂热的拜金主义者。她在华灯盛筵之前为王孙公子们歌舞侑觞，由于她年轻，色艺都好，席上尊前，随处博得王孙公子的称赞，对她的一笑，等闲（随便）地便以千金相酬。可是她意不在此，"慵觑"是懒于

【鉴赏】

一顾。可见，她与一般安于庸俗生活、贪得缠头的歌妓们，意趣颇为相异。作者于此婉曲地表现了歌妓的较为高尚的品格，轻视千金而要求人们的尊重和理解。她在风尘中保持着清醒的头脑：寻觅着知音，渴望着有一个正常的人生归宿，走“从良”的道路。歌舞场中的女子青春易逝，有如“蕣华”的命运一样。“华”古通花，蕣华即木槿花。《诗经·郑风·有女同车》“颜如蕣华”朱熹注：“蕣，木槿也，树如李，其华朝生暮落。”郭璞《游仙诗》：“蕣荣不终朝。”古人多用蕣华以喻女子青春，虽美艳而难久驻，有似朝开暮落一般。这位歌妓清楚地知道，她的美妙青春也将像蕣华会暗中很快变灭的。“光阴虚度”之后，结局如何呢？这就是常常使她感到困扰和担忧的问题。词的上片逐层地暗示了落籍从良是歌妓的唯一出路，由此很自然地在词的下片正面表达其从良的决心和愿望。

她终于在赏识者中寻觅到一位可以信任和依托的男子，便以弱者的身份和坚决的态度，恳求救其脱离火坑。他的同情、怜爱和赏识，在她看来已是“恩顾”了。歌妓犹命薄如花的女子，求他作主，求他庇护，以期改变自己的命运。“万里丹霄”意即广阔的晴空。为妓如堕溷之花，从良则不啻登天了，对于风尘中的女子来说，这是既渴望而又难以得到的。而今她有了可信任的男子，祈求着“何妨携手同归去”，共同缔造正常的家庭生活。从良之后，便表示永远抛弃旧日的生活和那些烟花伴侣，以此来洗刷世俗对她的不良印象。“朝云暮雨”，本出自宋玉《高唐赋》：“妾在巫山之阳，高丘之阻，旦为朝云，暮为行雨。”歌妓由于特殊的职业，送往迎来，相识者甚多，给人以感情不专、反复无常的印象。这位歌妓试图以今后的行为来证明自己并非那种轻浮的女人。她恳求、发誓，言辞已尽，愿望热切，似乎含着热泪、怀着对未来的憧憬，向社会发出求救的呼声。然而她所信任和依托的男子是否同意她的要求，是否能帮助她跳出火坑，是否能同她共建美满的家庭生活；这一切，词人都未作肯定的回答。作者只传达出民间歌妓求救的呼声，希望社会能听听这微弱而感人的声音。我们从民间歌妓在宋代社会现实中的一般情形来判断，这位歌妓实现从良的愿望的可能性是很小的，很可能这个男子又欺骗了她，也很可能是买她去作家妓或姬妾的，或者虽然同情她却因无力付清身价银而终于不能救助。按照封建等级制度的规定，歌妓属于"贱民"，注定了悲剧的命运。她们要想像正常人一样过着温暖的家庭生活总是难以如愿的，虽然这是妇女最低的和最合情理的愿望。

这首词于平淡中很具功力，紧紧抓住了民间歌妓要求从良的主线，善于剪裁，突出重要情节，语言贴切，深刻地反映了歌妓痛苦的精神生活和迫切的从良愿望。作者对描写的对象是非常熟悉的，以第一人称的语气表达民间歌妓发自内心深处的呼声就尤为真切感人了。词人柳永是真正同情民间歌妓的，敢于正视她们不幸的命运，因而在词里我们可见到作者人道思想的闪光。

（谢桃坊）

归朝欢

别岸扁舟三两只。葭苇萧萧风淅淅。沙汀宿雁破烟飞，溪桥残月和霜白。渐渐分曙色。路遥山远多行役。往来人，只轮双桨，尽是利名客。　　一望乡关烟水隔。转觉归心生羽翼。愁云恨雨两牵萦，新春残腊相催逼。岁华都瞬息。浪萍风梗诚何益。归去来，玉楼深处，有个人相忆。

柳永中年时期漫游江南，写过一些优秀的羁旅行役之词。这首《归朝

【鉴赏】

欢》是写冬日早行而怀念故乡的作品，反映了作者漂泊生涯的苦闷情绪。它虽平易浅近，却是极为精整的刻意之作，体现了柳永这类词的高度艺术水平。

作者习惯于即景生情，总是首先很工致地以白描手法描绘旅途景色，创造一个特定的抒情环境。词的上阕前四句以密集的意象，表现江乡冬日晨景，所写的景物都是主体真切地感受到的。“别岸”是稍远的江岸，“萧萧”为芦苇之声，“淅淅”乃风的声响。远处江岸停着三两只小船，风吹芦苇发出细细的声音，这图画般地写出了江乡的荒寒景象。“沙汀”即水间洲渚，为南来过冬的雁群留宿佳处。宿雁之冲破晓烟飞去，当是被早行人们惊起所致。江岸、葭苇、沙汀、宿雁，这些景物极为协调，互相补衬，组成江南水乡的画面。“溪桥”与“别岸”相对，旅人在江村陆路行走，远望江岸，走过溪桥。“残月”表示旅人很早即已上路，与“明月如霜”之以月色比霜之白者不同，“月和霜白”是月白霜亦白。残月与晨霜并见，点出时节约是初冬下旬，与上文风苇、宿雁同为应时之景。三、四两句十分工稳，确切地把握住了寒冬早行的景物特点。它使人们联想到晚唐诗人温庭筠的名句“鸡声茅店月，人迹板桥霜”(《商山早行》)，但柳词却是“无我之境”，表现更为深沉。“渐渐分曙色”为写景之总括，暗示拂晓前后的时间推移和旅人已经过一段行程。这样作一勾勒，将时间关系交代清楚，使词意发展脉络贯串。“路遥山远多行役”为转笔，由写景转写旅人。由于曙色已分，东方发白，道路上人们渐渐多起来了。“只轮”“双桨”，借指车船。水陆往来尽是“利名客”，他们逐利求名，匆匆赶路。柳永失意无聊，辗转浪迹江南，也同这一群赶路的人们披星戴月而行。在柳永许多羁旅行役之词中经常出现关河津渡、城郭村落、农女渔人、车马船舶、商旅往来等乡野社会风情画面，展示了较为广阔的社会生活背景，较为客观地再现了社会现实。这是其他许多文人词里很难见到的。

【鉴赏】

从上阕所写的冬日早行和商贩往来道途等情况，以客观的描述表现了旅途的困苦劳顿，令人感到厌倦。虽然那些晨景有浓郁的诗意，早起赶路的旅人是无心领略其美妙的。过片的“一望乡关烟水隔”，承上阕的写景转入主观抒情，因厌倦羁旅行役而思故乡。“一望”实即想望，故乡关河相隔遥远，烟水迷茫，根本无法望见。既无法望见而又不能回去，受到思乡愁绪的煎熬，反转产生一种急迫的渴望心理，恨不能插上羽翼立刻飞回故乡。对于这种迫切念头的产生，词人作了层层铺叙，细致地揭示了内心的活动。“愁云恨雨两牵萦”喻儿女离情，像丝缕一样牵萦两地；“新春残腊相催逼”是说时序代谢，日月相催，新春甫过，残腊又至，如潘岳所云“荏苒冬春谢，寒暑忽流易”（《悼亡诗》）。客旅日久，于岁月飞逝自易惊心，有年光逼人之感。“岁华都瞬息。浪萍风梗诚何益。”“岁华”句申上“新春”句意，流光转瞬，与天涯浪迹联系起来，更增深沉的感慨。“萍”和“梗”是柳词中习见的意象，以喻羁旅生活像浮萍和断梗一样随风水飘荡无定。深感这种毫无结果的漫游确是徒劳无益，从现实艰难的境况来看还不如回乡。《文选》载王正长《杂诗》云：“昔往仓庚鸣，今来蟋蟀吟。人情怀旧乡，客鸟思故林”，柳词意境似之。于是逼出最后三句：“归去来，玉楼深处，有个人相忆。”这是思乡的主要原因，补足了“愁云恨雨”之意。柳永在一些作品中曾回忆青年时代离家赴京的情形：“追悔当初，绣阁话别太容易”（《梦还京》）；“到此因念，绣阁轻抛，浪萍难驻”（《夜半乐》）。他在离家时已有妻室了。在入仕之后思念家乡时，他也说：“算孟光，争得知我，继日添憔悴？”（《定风波》）家乡的“玉楼深处，有个人相忆”，自然是设想妻子多年在家苦苦相忆了。柳永一生在思想、生活、情感、仕宦等方面都存在难以克服的矛盾，给他带来很多痛苦并反映在作品中。他在离家后事实上再也没有回到故乡，但思乡之情却往往异常强烈；他在京都的烟花巷陌与许多歌妓恋爱，但怀念妻子的深情却时时自然地流露。这些都是真情实感，在作品中表现出来，很具感人的艺术力量。

在这首词里，作者将通用的白话已经提炼到精纯的程度，具有平易、准确、形象、贴切的特点；出现工整的对偶句，精警而富于概括力。于是它脱去粗率之习而达到工致的地步。全词的结构匀称完整，词意的表达不冗不蔓；由景到情的发展极其自然，情景相生，以白描和铺叙见长，表现手法的运用纡徐自如，逐层地由景到情步步揭示词的主旨。它与柳永许多名篇一样，在慢词长调的写作方法上体现出法度规范的意义。

（谢桃坊）

婆罗门令

昨宵里恁和衣睡，今宵里又恁和衣睡。小饮归来，初更过，醺醺醉。中夜后、何事还惊起？霜天冷，风细细，触疏窗、闪闪灯摇曳。　　空床展转重追想，云雨梦、任攲枕难继。寸心万绪，咫尺千里。好景良天，彼此，空有相怜意，未有相怜计。

作者在著名的《雨霖铃》中写了他与情人的离别，其中有行者对来日情事的设想："今宵酒醒何处？杨柳岸、晓风残月。此去经年，应是良辰好景虚设。"而这首《婆罗门令》就内容而言，则像是《雨霖铃》的续篇，写别后旅居时事。词中通过羁旅者中宵酒醒的情景，抒写了他的离愁与相思。

上片写孤眠惊梦的情事。开头二句从"今宵"联系到"昨宵"，说昨夜是这样和衣而睡，今夜又这样和衣而睡。连写两夜，而景况如一。从羁旅生活中选择"和衣睡"这样一个典型的细节，就写尽了游子苦辛和孤眠滋味。

【鉴赏】

两句纯用口语，几乎逐字重复，于次句着一“又”字，这就表达出一种因生活单调腻味而极不耐烦的情绪。以下三句倒插，写入睡之前，先喝过一阵闷酒。说“小饮”，可见未尽兴，因为客中独酌较之“都门帐饮”是更其“无绪”的。但一饮饮到“初更过”，又可见有许多愁闷待酒消遣，独饮虽无意兴，仍是醉醺醺归来。“醺醺醉”三字，既承上说明了何以和衣而睡的原因，又为过拍处写追寻梦境伏笔。“中夜后”以下数句，忽写到惊梦后的种种感受。“何事还惊起”用设问的语气，便加强了表情作用，使读者感到梦醒人的满腔幽怨。“霜天冷，风细细”是其肤觉感受；“闪闪灯摇曳”则是其视觉感受。由风“触疏窗”过渡，语极浑成，其造境的凄清适足反映出主人公的心境。

下片写醒后不能入睡的苦况。过拍处撇开景语，继惊梦写孤眠寂寞的心情。主人公此时辗转反侧不能成眠，想要重温旧梦，而不复可得。“重追想”三字对上片所略过的情事作了补充，原来在醉归后短暂的一觉中，他曾做上一个好梦，与情人同衾共枕、备极欢洽。作者安排“云雨梦”的情节，对于表现主人公孤凄处境有反衬作用，梦越好，越显得梦醒后的可悲。虽则只一晌贪欢，也值得留恋，然而“云雨梦、任攲枕难继”。相思情切与好梦难继成了尖锐的矛盾。紧接两个对句就极写这种复杂的心绪，每一句中又有强烈对比：“寸心——万绪”写出其感情负荷之沉重难堪；“咫尺——千里”则表现出梦见而醒失之的无限惆怅。此下到篇末数句一气蝉联，谓彼此天各一方，空怀相思之情而无计相就，辜负如此良宵。“好景良天”，只说了半句，殊觉突兀，然“彼此”以下紧承“咫尺千里”而来，使那省略的一半意思不难寻绎。所谓“好景良天”，也就是“良辰美景虚设”之省言。“彼此”二字的读断，更能产生“人成各，今非昨”、“一种相思，两处闲愁”的意味。全词至此，由写一己的相思而牵连到对方同样难堪的处境，意蕴便更深入一层。“空有相怜意，未有相怜计”两句意思对照，但只更换首尾二字，且于尾字用韵。由于数字相同，则更换的字特别是作韵脚的末一字大为突出，“有意”、

“无计”的内心矛盾由此得到强调。于中生出“便纵有千种风情,更与何人说”的意味,耐人玩索。这个运用重复修辞的结尾,与开头二句可谓异曲而同工。

通篇写中宵梦醒情事,却从睡前、睡梦、醒后几方面叙来,有倒插、有伏笔、有补笔,前后照应;从一己相思写起,而以彼此相思作结。故能做到一气到底而不觉板滞,层次丰富而能浑成,语言质朴而又凝练生动。

(周啸天)

蝶恋花

【原文】

伫倚危楼风细细,望极春愁,黯黯生天际。草色烟光残照里,无言谁会凭阑意。　　拟把疏狂图一醉,对酒当歌,强乐还无味。衣带渐宽终不悔,为伊消得人憔悴。

这是一首怀人之作。词人把漂泊异乡的落魄感受,同怀恋意中人的缠绵情思结合到一起来写,采用“曲径通幽”的表现方式,抒情写景,感情真挚。

他首先说登楼引起了“春愁”:“伫倚危楼风细细”,全词只此一句叙事,其余全是抒情,但只此一句,便把主人公的外在形象像一幅剪纸那样凸显出来了。他一个人久久地伫立在高楼之上,向远处眺望。“风细细”,带写一笔景物,为这幅剪影添加了一点背景,使画面立刻活跃起来了。他“伫倚”楼头做什么?

“望极春愁,黯黯生天际”,极目天涯,一种黯然魂销的“春愁”油然而生。“春愁”，又点明了时令。但这“愁”的具体内容又是什么？词人只说“生天际”，可见是天际的什么景物触动了他的愁怀。从下一句“草色烟光”来看，是春草。芳草萋萋，刬尽还生，很容易使人联想到愁恨的连绵无尽。柳永是借用春草来表现自己春愁的无限？春草，容易引起他乡游子思归的感情。《楚辞·招隐士》曰：“王孙游兮不归，春草生兮萋萋。”柳永是借用春草，表示自己已经倦游思归了？春草，也容易使人怀念亲爱的人。南朝江总妻《赋庭草》云：“雨过草芊芊，连云锁南陌。门前君试看，是妾罗裙色。”柳永是“记得旧罗裙，处处怜芳草”（牛希济《生查子》），在思念他的意中人？这就是那天际的春草，所牵动的词人的“春愁”？究竟是哪一种呢？词人却到此为止，不说了。要想知道究竟，还须再往下看。

四、五两句，写主人公的孤单凄凉之感：“草色烟光残照里，无言谁会凭阑意。”前一句用景物描写点明时间，联系首句“伫倚”二字我们可以知道，他久久地站立在楼头眺望，时已黄昏还不忍离去。“草色烟光”写春天景色极为生动逼真。春草，铺地如茵，登高下望，在夕阳的余晖下，闪烁着一层迷蒙的如烟似雾的光色。这本来是一种极为凄美的景象，但加上“残照”二字，便带上了一层感伤的色彩，为下一句抒情，烘托出和谐的气氛。“无言谁会凭阑意”，因为没有人理解他登高远望的心情，所以他默默无言。这一是说明他眼前没有知心人，很孤单寂寞；二是说明，他太痴情，在楼头“伫倚”太久，超出常情，不能被人理解。有“春愁”又无可诉说，这虽然不是“春愁”本身的内容，却加重了“春愁”的愁苦滋味。煞是奇怪，他并没有说出他的“春愁”是什么，却又掉转笔墨，埋怨起别人不理解他的心情来了。词人就是这样故意闪烁其词，让读者捉摸不定。

词人的生花妙笔真是神出鬼没。读者越是想知道他的“春愁”所为何来，他越是不讲，偏偏把笔宕开，写他如何苦中求乐。“愁”，自然是痛苦的，那还是把它忘却，自寻开心吧！“拟把疏狂图一醉”，写他的打算。他已经

【鉴赏】

深深体会到了“春愁”的深沉，单靠自身的力量是难以排遣的，所以他要借助于酒：借酒浇愁。词人说得很清楚，目的是“图一醉”，并不是对饮酒真的有什么乐趣。为了追求这“一醉”，他“疏狂”，不拘形迹，只要醉了就行。不仅要痛饮，还要“对酒当歌”，借放声高歌来抒发他的愁怀。又是疏狂痛饮，又是吟啸高歌，大有非抑制住“春愁”不可的气势。结果如何呢？“强乐还无味”，他失败了。没有真正欢乐的心情，却要强颜欢笑，这“强乐”本身就是痛苦的一种表现，哪里还有兴味可谈呢？故作欢乐而“无味”，正说明“春愁”的缠绵执着，是解脱不了、排遣不去的。

为什么这种“春愁”如此执着呢？至此，作者才透露这是一种坚贞不渝的感情。他哪是真的想忘却“春愁”另寻欢乐呢？要是那样，他的“愁”就不会无法排遣了。他的满怀愁绪之所以挥之不去，正是因为他不仅不想摆脱这“春愁”的纠缠，甚至还“衣带渐宽终不悔”，心甘情愿为“春愁”所折磨，即使渐渐形容憔悴、瘦骨伶仃，也是值得的，也决不后悔。至此，已经信誓旦旦了，却依然不肯把“春愁”这层窗纸捅破，词人可真沉得住气。究竟是什么使得抒情主人公钟情若此呢？直到词的最后一句才一语破的：“为伊消得人憔悴”——原来是为她！

我们可以看出，词人的所谓“春愁”，不外是“相思”二字，但他却迟迟不肯说破，只是从字里行间向读者透露出一些消息，让读者去猜。眼看要写到了，却又煞住，掉转笔墨，远远发来；迤逦写到之时，又煞住，另起笔墨，更端发来，如此影影绰绰，扑朔迷离，千回百折为读者设下一个迷魂阵，让这个悬念引导读者沿着曲曲折折的路走下去，直到最后一句，才把词人精心捆结起来的“包袱”抖开，使真相大白，构思巧妙，具有强烈的吸引力。在词的最后两句相思感情达到高潮的时候，戛然而止，激情回荡，又具有很强的感染力。

全词成功地刻画出一个志诚男子的形象，描写心理细腻充分，尤其是词的最后两句，直抒胸臆，画龙点睛般地揭示出主人公的精神境界，被王国维称为"专作情语而绝妙者"，"求之古今人词中，曾不多见"(《人间词话删稿》一一)。

(张燕瑾)

法曲第二

青翼传情[①]，香径偷期[②]，自觉当初草草。未省[③]同衾枕，便轻许相将，平生欢笑。怎生向[④]、人间好事到头少。漫悔懊。　细追思，恨从前容易，致得恩爱成烦恼。心下事千种，尽凭音耗。以此萦牵，等伊来、自家向道。洎[⑤]相见，喜欢存问，又还忘了。

〔注〕 ① 青翼：指青鸟，这里是以部分代整体。《汉武故事》载："上(汉武帝)于承华殿斋，正中，忽有一青鸟从西方来，集殿前。上问东方朔，朔曰：'此西王母欲来也。'有顷，王母至。"后来因称传信的使者为"青鸟"。② 期：约会。 ③ 省(xǐng)：本义为知觉、醒悟，这里引申为明白的意思。④ 怎生向：即"奈何"的意思。"向"字为词尾，无义，专用于"怎奈"，"如何"，"怎生"一类词语的后边，以加强语气。 ⑤ 洎(jì)：到，及的意思。

宋词的语言，不外乎两个来源，一是从经史子集尤其是唐诗中寻找资料，一是从市民口语中提炼矿藏。前者为高雅，后者为俚俗；前者受到传统词论的肯定与提倡，后者则备受轻视与指责。事实上从市民口中提炼矿藏，不仅丰富了词的语汇，使之获得更多的生活感与现实感，找到了语言艺

【鉴赏】

术的源头；不仅亲切，近情，空前地提高了词的表现能力，使之赢得了更为广泛的听众和读者，更在于昭示了中国文学及其语言的新的发展方向——由雅到俗，由贵族化而平民化。而柳永，恰好是大量运用市民口语作词的第一人。我们且看这首《法曲第二》。

这首词是柳永早年混迹青楼时的作品。起首两个四字对句，追忆过去的一段甜蜜而温馨的约会。在今天的读者看来，“青翼”是一个典故，然而在当时，已经融化为市民群众的口头语，是他们“耳根听熟之语”，“舌端调惯之文”。我们可以从宋元时期的许多通俗文学中找到例证。“青翼传情，香径偷期”，是说她接到情人的丫环或书童送来的书简，于是便同他在花气袭人的曲折小径上进行了一次甜蜜的，静悄悄的约会。寥寥八字，开门见山，写完从相约到会晤的全过程，可谓经济用笔，善于叙事。“青翼传情”，可知定有相当的精神准备，不至于邂逅相逢，来去匆匆；“香径偷期”，可知对约会的地点作过精心的安排，不至于瞻前顾后，左右受阻。可是女主人公却以为“当初草草”，似乎当时诸多不便，过于匆忙，过于急遽，未尽平生欢意。这当然是一种心理错觉。热恋中人，独处闺帷，虽一时半刻，也觉得罗帐灯昏，长夜耿耿；而两相偎倚，虽日上帘钩，也以为欢娱苦短，佳期不再。“自觉当初草草”，是一句典型的口头语，真实而准确地状出了热恋中人的独特心理，虽质朴无华，却明白地道，淡而有味。“未省同衾枕，便轻许相将，平生欢笑”，紧承上意，补足“当初草草”。意思是说，还不明白同衾共枕是怎么回事，就轻易地以“平生欢笑”一事相许，表示一辈子与他相好。“怎生向”，也是一句典型的口头语。“怎生向、人间好事到头少。漫悔懊。”这几句是她由此而发出的深沉感喟。人生在世，欢乐苦短，忧愁苦多，不如意事常八九。尤其一个青楼女子，长年强作欢笑，以声色事人，失去了一个普通人所具有的起码人格与自由。好不容易撞上一个可意的男子，仍然无法管束对方的行动，无法把握自己的命运。从事实来讲，当初的相会是那样的匆忙，眼下的音讯又是如此的缥渺；从情理来讲，人事间本来就充满了缺陷、忧愁与不幸，那么，自己一个劲地后悔与懊恼又有什么用呢？一个“漫”字，有如一声棒喝。

换头。“细追思，恨从前容易，致得恩爱成烦恼。”明知道“悔懊”等于白搭，却偏要仔细回忆，仔细思量，主人公之执着缠绵可得而知。从章法上讲，曲意不断；从情感上讲，则分量已经加重。过去真是太真率，太幼稚了，随随便便就以“平生欢笑”相许，随随便便就交付了自己一颗真诚的心！殊不知黄金易致，人心难求，轻易得来的东西也会轻易失去。本来是千种情谊，万般恩爱，如今却落得满腔烦恼，一怀幽怨！说到这里，忽然想起柳永的一首《少年游》：“一生赢得是凄凉。追前事、暗心伤。好天良夜，深屏香被，争忍便相忘？　　王孙动是经年去，贪迷恋，有何长。万种千般，把伊情分，颠倒尽猜量。”这也是抒写一个失恋歌妓的无限幽怨。其意境，其情调，正好与《法曲第二》的上片和换头数句相仿佛。我们由此可以知道柳永对歌妓的悲剧命运有着不同一般的体验，而《法曲第二》所写歌妓的幽怨更非一种孤立的偶然现象，这是那个不合理的践踏人的社会制度使然。“心下事千种”与《少年游》的“万种千般”一样，包含了女主人公的苦恼、懊悔、怨恨、猜测、疑惑、失望与希望等一系列复杂心理，十分真切，十分丰富。心事千种而系于一怀，已属不堪，但更为难堪的是，这些心事根本无由面陈，只能“尽凭音耗”。遗憾的是，过去“青翼传情”，随之而来的是“香径偷期”，是甜蜜，是激动；而这里的音耗，既不尽人意，又微茫难达。似此刻骨铭心，百无聊赖，而又难诉衷曲，还不如忍着煎熬，“等伊来，自家向道”。等到他回归之日，剪烛西窗之时，自己要尽情地向他倾诉，朝他发泄：就这样负心吗？就这样地不当回事吗？早知道你如此薄情寡义，当初又何必风月情浓？格调由幽怨而激越，性情由平和而泼辣。薄幸人且等着一顿数落。然而有趣的是：“洎相见，喜欢存问，又还忘了。”情人未归之前，她渴望在他面

【鉴赏】

前痛快淋漓地发泄一通，数落一通；可是一旦重逢，好不容易等到他的归来，温存体贴，欢喜爱怜尚且来不及呢，有何心肠劈面就是一顿数落呢？爱神真是一个令人啼笑皆非的魔鬼！而这首词的结局好就好在这里：真实、合理、朴素、传神！

清代著名戏曲家李渔以“一气如话”为词的最高境界。他说：“‘一气如话’四字，前辈以之赞诗，予谓各种之词，无一不当如是。如是即为好文词，不则好到绝顶处，亦是散金碎玉，此为‘一气’而言也。‘如话’之说，即谓使人易解……千古好文章，总是说话，只多者也之乎数字耳。作词之家当以‘一气如话’一语，认为四字金丹。”(《窥词管见》)应当承认，“一气如话”是一种最为普通群众所赏心悦目的美的形态，李渔是著名的戏曲作家和戏曲理论家，很能从通俗文学的角度挖掘词学里边一些精髓。“一气如话”四字，虽为李渔所拈出，但作为一种美的形态，早已渊源有自。譬如柳永的这首《法曲第二》，就正好以“一气如话”四字概之。起首回忆过去的一次甜蜜的约会，下文之材料即从起首两个对句想出，从这次约会留给她的惋惜，懊悔、烦恼与怨恨，一直写到重逢时的回嗔作喜，直线贯穿，明白家常，略无宛曲回旋，水穷云起之势，此“一气”之谓也。“如话”的内涵有二：一为易解；一为声吻毕肖。这首词，既无晦迹朦胧，典雅做作的诗文语言，也无生僻冷奥，游戏猎奇的方言土语，全是流行于市井，活跃在普通群众口头的通用语。“青翼”，“香径”略呈文采，而“传情”，“偷期”，又俚俗浅白，更有“草草”，“未省”，“相将”，“怎生向”，“到头”，“懊悔”，“萦牵”，“自家”，“喜欢存问”等一系列的市井语相次而出，通俗明白，凿凿有味！写妓情，总不免涉及妓女的声吻，这一点，正是妓情词的难处、高处、不易及处。晏殊的《山亭柳赠歌者》一词，代一位迟暮凄凉的歌女立言：“哀肠事，托何人？若有知音见赏，不辞遍唱阳春。”美则美矣，可惜把歌妓的声吻雅化了；又如张炎的《声声慢·赠歌者关关》：“鬟丝湿雾，扇锦翻桃，尊前乍识欧苏……细看取，有飘然清气，自与尘疏。”不为雅化，几欲不食烟火。而柳永笔下出现的则是“以此萦牵，等伊来、自家向道。洎相见，喜欢存问，又还忘了”。可谓活色生香，神形毕现！“伊”，“自家”，第一，第二人称代词同时出现，真是“昵昵儿女语，恩怨相尔汝”，一片温馨，一片轻柔。身之所历，目之所见，是铁门限。为什么晏殊、张炎笔下的妓女多有几分贵族雅士的派头，而柳永笔下的妓女才是真正的“这一个”呢？当然在于晏、张二人对妓女的那种或高尚怜悯，或玩耍取乐的贵族态度造成了同她们心理上和语言上的完全隔膜，而柳永则是诚心诚意地同她们交朋友，熟悉她们的心理特点，也熟悉她们的语言及其表达方式。“言为心声”，语言，无论高雅，无论俚俗，从来都不是一个单纯的形式问题。

（曾大兴）

秋蕊香引

留不得。光阴催促，奈芳兰歇，好花谢，惟顷刻。彩云易散琉璃[1]脆，验前事端的[2]。　　风月夜，几处前踪旧迹。忍思忆。这回望断，永作终天隔。向仙岛，归冥路，两无消息。

〔注〕 ① 琉璃：一种烧制后呈绿色或黄色的釉料。这里当是指一件琉璃质的古玩。 ② 端的：这里是明白的意思。见张相《诗词曲语辞汇释》。

这首《秋蕊香引》可算作一首悼亡词。悼亡诗始于西晋潘岳。岳妻死，作《悼亡》诗三首，后人因称哀悼亡人的诗词为“悼亡”。柳永在这里所哀悼

【鉴赏】

的，不是他的妻子，而是他的情人——一个年轻的歌妓。发端“留不得”三字，于万千感悼之后直直喊出，语词朴拙，内涵丰富，令人想见其捶胸顿足，泪雨婆娑之态。清人沈雄《古今词话》云：“起句言景者多，言情者少，叙事者更少。”而柳永在这里不唯开门见山，直陈其事，且以寥寥三字，说开一个哀感顽艳的故事，告诉人们，人世间一个美好的生命又遭到毁灭，一下子就紧紧攫住了听众和读者的心，使人觉得故作姿态的写景文字在这里不唯多余，且有矫情之嫌。“留不得”，在那惨不忍睹的弥留之际，她的憔悴不堪的脸颊也许泛出最后一抹晚霞；她的瘦如枯枝的手臂也许微微抬起企图抓住一丝活的希望；她的曾经明如秋水的眸子也许流出最后一滴苦涩的泪；她的曾经美如樱桃的嘴唇也许作出最后一次绝望的痉挛。还是去了，她的守候在病榻旁的朋友们的嘤嘤啜泣和深切的呼唤，还是不能够将她挽留。“留不得”三个字给予读者的，就是这样一个“最富于生发性的顷刻”，一个“使得前前后后都可以从这之中了解得最透彻”的顷刻（莱辛《拉奥孔》）。“留不得”是一句悲绝的哭诉，定下了全篇的感情基调，所以下文也就紧承上意，节奏急促而声情凄楚。“光阴催促，奈芳兰歇，好花谢，惟顷刻。”时间对于一个无聊的生者，对于一个来到人世间的第一声啼哭，就宣布要向别人索取的富贵闲人来说，是那样的充裕，那样的慷慨，让他（她）吃够、穿够、玩够；而对于一个苦难的、连音容笑貌也不归自己所有的歌妓，竟是那样的短促，那样的苛刻。幽雅的兰草不是正芬芳么？顷刻之间便消歇了；娇美的花朵不是正迷人么？眨眼之间便凋谢了。光阴短促，天不假时，奈何奈何！我国古代的悼亡文学有一个悠久的传统，即善于抓住日常生活中的些许小事，借以抒发自己深切的怀念。如潘岳《悼亡》：“帷屏无仿佛，翰墨有余迹。流芳未及歇，遗挂犹在壁。”又如元稹《遣悲怀》：“顾我无衣搜荩箧，泥他沽酒拔金钗。野蔬充膳甘长藿，落叶添薪仰古槐。”柳永之后的苏轼、贺铸等人也继承了这一艺术传统。如苏轼《江城子》：“昨夜幽梦忽还乡，小轩窗，正梳妆。”又如贺铸《鹧鸪天》：“空床卧听南窗雨，谁复挑灯夜补衣？”在这个艺术传统的由诗而词的历史嬗变当中，柳永无疑起到了承前启后的重要作用。我们且看下文：“彩云易散琉璃脆，验前事端的。”如果说“芳兰歇，好花谢”，是用比，是虚写的话，“彩云”一句则是逆入，是实写。曾经有过这么一段抹不去的记忆，他和她凭肩而立，遥望天上那片美丽的云彩，憧憬着他们之间可能会有的自由的日子，可是忽然之间，一阵狂风吹来，那片云彩便倏然而散。还有一次，他们正相对展视一件琉璃古玩，赞叹那真实纯洁，表里如一的人生，可是一不小心，古玩掉在地上，顷刻间便七零八落。这自然是从前的事了，自然是一些微不足道的日常细节，可是证诸今天，证诸她的溘然长逝，这不分明就是不祥之兆么？

过片。“风月夜，几处前踪旧迹。”上片结拍，回忆过去那不祥的云散物陨；过片，则回忆过去那幸福的花前月下，此恨绵绵，曲意不断。不过，云散物陨是心中所想，而“前踪旧迹”为眼中所见，是以曲意贯穿而笔法有致。那月色迷朦，夜风拂面的弯弯小路，曾经萌发他们的初恋，萦绕着他们的歌声笑语，铭刻下他们依依惜别的深情。可现在，生的悲哀与死的孤独，终于覆盖了那一段诗一般的小路，留给他的只有破碎的“前踪旧迹”。她去了，永远不再回来，“这回望断，永作终天隔”。他终于从往事的沉湎之中醒悟过来，意识到这一次不是生离，而是死别，即便望穿双眼，也无法一睹芳容了。一旦永诀，便从此人间天上。“向仙岛，归冥路，两无消息。”她的魂魄飞向何处？是烟涛微茫的蓬莱仙岛，还是天昏地暗的阴司冥路？他都不得而知。生者和死者，各怀一腔幽恨，永远地渺无音讯了。柳永这首词以情结尾，不做作，不卖弄，纯以诚挚深厚的感情出之，令人感到朴实而忠厚。

由于仕途坎坷，备受侮辱，柳永是带着一颗受伤的心灵，到秦楼楚馆寻找慰藉的。他以一个不得志的知识分子的身份同歌妓们交朋友，发现了她们善良的心性与出色的才华；也以一副悲剧的身心，比较深刻地体验了这

【原文】

个人间地狱的种种不幸。所以，当一个年轻可爱的歌妓溘然长逝之后，他能长歌当哭，写下这闪耀着人性光芒的美丽歌词。

（曾大兴）

卜算子慢

江枫渐老，汀蕙半凋，满目败红衰翠。楚客登临，正是暮秋天气。引疏砧、断续残阳里。对晚景、伤怀念远，新愁旧恨相继。　脉脉人千里。念两处风情，万重烟水。雨歇天高，望断翠峰十二。尽无言、谁会凭高意？纵写得、离肠万种，奈归云谁寄？

这首词与《曲玉管》主题相同，也是伤高怀远之作。上片景为主，而景中有情；下片情为主，而情中有景。也与《曲玉管》前两叠相近。

起首两句，是登临所见。“败红”就是“渐老”的“江枫”，“衰翠”就是“半凋”的“汀蕙”，而曰“满目”，则是举枫树、蕙草以概其余，说明其已到了深秋了，所以接以“楚客”两句，引用宋玉《九辩》“悲哉，秋之为气也……憭栗兮若在远行。登山临水兮送将归”之意，用以点出登临，并暗示悲秋之意。以上是登高所见。

“引疏砧”句，续写所闻。秋色凋零，已足生发悲感，何况在这“满目败红衰翠”之中，耳中又引进这种断断续续、稀稀朗朗的砧杵之声，在残阳中回荡呢？古代妇女，每逢秋季，就用砧杵捣练，制寒衣以寄在外的征人。杜甫《捣衣》：“亦知戍不返，秋至拭清砧。已近苦寒月，况经长别心。宁辞捣衣倦，一寄塞垣深。用尽闺中力，君听空外音。”又《秋兴》：“寒衣处处催刀尺,白帝城高急暮砧。”所以在他乡作客的人,每闻砧声,就生旅愁。这里也是暗寓长期漂泊,“伤怀念远”之意。“暮秋”是一年将尽,“残阳”则是一日将尽,都是“晚景”。对景难排,所以下面即正面揭出“伤怀念远”的主旨。“新愁”句是对主旨的补充,以见这种“伤”和“念”并非偶然触发,而是本来心头有“恨”,才见景生“愁”。“旧恨”难忘,“新愁”又起,所以叫做“相继”。

过片接上直写愁恨之由。“脉脉”,用《古诗十九首》:“盈盈一水间,脉脉不得语。”其字当作眽眽,相视之貌。相视,则是她望着我,我也望着她,也就是她怀念我,我也怀念她,所以才有二、三两句。“两处风情”,从“眽眽”来;“万重烟水”,从“千里”来。细针密线,丝丝入扣。

“雨歇”一句,不但是写登临时天气的实况,而且补出红翠衰败乃是风雨所致。“望断”句既是写实,又是寓意。就写实方面说,是讲雨过天开,视界辽阔,极目所见,惟有山岭重叠,连绵不断,坐实了“人千里”。就寓意方面说,则是讲那位“旦为朝云,暮为行雨”的巫山神女,由天气转晴,云收雨散,也看不见了。“望断翠峰十二”,也是徒然。巫山有十二峰,诗人用高唐神女的典故,常常涉及。如李商隐《楚宫》:“十二峰前落照微,高唐宫暗坐迷归。朝云暮雨长相接,犹自君王恨见稀。”又《深宫》:“岂知为雨为云处,只有高唐十二峰。”其余不可悉数。这又不但暗抒了相思之情,而且暗示了所思之人,乃是神女、仙子一流人物。

“尽无言”两句,深进一层。“凭高”之意,无人可会,惟有默默无言而已。“凭高”,总上情景而言,“无言”、“谁会”,就“脉脉人千里”极言之。凭高念远,已是堪伤,何况又无人可诉此情,无人能会此意呢?结两句,再深进两层。第一层,此意既然此时此地无可诉、无人会,那么这“离肠万种”,就只有写寄之一法。第二层,可是,纵然写了,又怎么能寄去,托谁寄去呢?一种无可奈何之情,千回百转而出,有很强的感染力。“归云”,汉、晋人习用,如张衡《思玄赋》:“凭归云而遐逝兮,夕余宿乎扶桑。”潘岳《怀旧赋》:

“仰睎归云，俯镜流泉。”据张赋，“凭归云”即乘归去之云的意思，可知柳词末句，也就是无人为乘云寄书之意。

《宋四家词选》曾指出此词下片在艺术表现上的特征是“一气转注，连翩而下”。这是一个细致而准确的判断。所要补充的是，其文笔虽如周济所说，但内容却反复曲折，并不平顺。它们是矛盾的统一。

（沈祖棻）

浪淘沙慢

梦觉、透窗风一线，寒灯吹息。那堪酒醒，又闻空阶，夜雨频滴。嗟因循、久作天涯客。负佳人、几许盟言，更忍把、从前欢会，陡顿翻成忧戚。　　愁极。再三追思，洞房深处，几度饮散歌阑。香暖鸳鸯被，岂暂时疏散，费伊心力。殢雨尤云，有万般千种，相怜相惜。　　恰到如今、天长漏永，无端自家疏隔。知何时、却拥秦云态，愿低帏昵枕，轻轻细说与，江乡夜夜，数寒更思忆。

这是柳永创制慢词的一个范例。唐五代所传之《浪淘沙》词，或为二十八字体，或为五十四字体，皆为令词小调。柳永这首词，则衍之为一百三十五字之长篇巨制，共三片。第一片写主人公夜半酒醒时的忧戚情思；第二片追思以往相怜相惜之情事；第三片写眼下的相思情景。体制扩大，容量增加，主人公的全部心理状态及情思活动过程，都得到了充分的表现。

词作从“梦觉”时所见、所闻写起，说窗风吹息寒灯，夜雨频滴空阶，可知并非天亮觉醒，而是夜半酒醒。此景此情，滋味就不一般。其间，于“灯”

之上着一“寒”字，于“阶”之上着一“空”字，使得当时所见、所闻之客观物景，染上了主人公主观情感色彩，体现了主人公凄凉孤寂之心理状态。而“那堪”、“又”，以及“频”，层层递进，又使得主人公当时的心境，倍觉凄凉孤寂。接着，主人公直接发出感叹：“嗟因循、久作天涯客。”这是造成凄凉孤寂心境的根源。因为久作天涯客，辜负了当时和佳人的山盟海誓，从前的欢会情景，今夜里一下子都变成了忧愁与凄戚。至此，主人公心中之情思，似乎已经吐尽。其实不然，这仅是其情思活动三部曲中的第一部。词作第二片，由第一片之“忧戚”导入，说“愁极”，十分自然地转入对于往事的“追思”。所思佳人，未曾道出她的身份，由“饮散歌阕”句来看，可知是一位侍宴歌妓。两人之互相爱恋，已经有了相当长的时期，这从“再三”、“几度”句中可以体会出来，才见得主人公夜半酒醒时为什么这样的忧戚。第三片由回忆过去的相欢相爱回到眼下“天长漏永”，通夜不眠的现实当中来。“无端自家疏隔”，悔恨当初不该出游，这疏隔乃自家造成，然而内心却甚感委屈：他的一次又一次出游，完全出于无奈，是客观环境所迫。因此，主人公又设想：不知何时，两人才能相聚，到那时，他就要在低垂的帏幕下，玉枕上，轻轻地向她详细述说：他一个人在此地，是如何夜夜数着寒更，默默地思念着她。至此，主人公的情思活动已进入高潮，但作者的笔立刻煞住，就此结束全词。从谋篇布局上看，第一、二片，花开两枝，分别述说现在与过去的情事，至第三片，既由过去回到现在，又从现在想到将来。设想将来如何回忆现在，使情感活动向前推进一层。全词三片，从不同角度、不同方位，多层次、多姿态地展现主人公的心理状态和情思活动，具有一定的立体感。

所谓“从现在设想将来谈到现在”，是从李商隐的《夜雨寄北》“何当共剪西窗烛，却话巴山夜雨时”句中学来的表现手法。这是柳永慢词中常常采用的一种表现方法；后世词人受他的影响，也往往采用。

（施议对）

【原文】

破阵乐

露花倒影，烟芜蘸碧，灵沼[1]波暖。金柳摇风树树，系彩舫龙舟遥岸。千步虹桥，参差雁齿[2]，直趋水殿。绕金堤，曼衍鱼龙[3]戏，簇娇春罗绮，喧天丝管。霁色荣光[4]，望中似睹，蓬莱清浅。　　时见。凤辇宸游，鸾觞禊饮，临翠水，开镐宴[5]。两两轻舠[6]飞画楫，竞夺锦标霞烂[7]。罄欢娱，歌《鱼藻》[8]，徘徊宛转。别有盈盈游女，各委明珠，争收翠羽，相将归远。渐觉云海沈沈，洞天日晚。

〔注〕 ① 灵沼：本指周文王在其离京所造的池沼，谓其像神灵所为，故名，后泛指广阔的水池。 ② 雁齿：指桥上并列如同雁行的柱子。 ③ 曼衍鱼龙：古代百戏节目。 ④ 荣光：五色云气，古代认为这是一种吉祥的征兆。 ⑤ 镐宴：语出《诗经·小雅·鱼藻》："王在在镐，岂乐饮酒。" ⑥ 舠：小船。 ⑦ 霞烂：形容锦标如云霞一般灿烂夺目。 ⑧ 鱼藻：《诗经·小雅》篇名，是周代天子宴饮时诸侯所唱歌颂天子的诗歌。

在柳永以前，词主要是写男欢女爱、离愁别恨和自然山水，几乎没有反映城市生活的。描写都市的繁华景象，是柳词在题材上的新开拓。此词描绘北宋仁宗时每年三月一日以后君臣士庶游赏汴京金明池的盛况。金明池"在顺天门外街北，周围约九里三十步，……有面北临水殿，车驾临幸，观争标，锡宴于此。……"（孟元老《东京梦华录》）这首词形象地反映出仁宗时昌盛兴旺的景象，是当时都市风貌的艺术实录，是一幅气象开阔的社会风俗画卷，和描写杭州繁华美丽景象的《望海潮》有异曲同工之妙。

此词在艺术上，层层铺陈，重重描绘，极尽渲染之能事，造成了强烈的艺术效果。

词的开头，以三个四字句“露花倒影，烟芜蘸碧，灵沼波暖”，真切地描写了金明池的优美景色：含露的鲜花在池中显出清晰的倒影，烟霭笼罩的草地一直延伸到碧绿的池边，池水暖洋洋的。由“露花”、“烟芜”和“波暖”可知是春日温煦的早晨，而“倒影”、“蘸碧”和“灵沼”则点出了池水的清澈明净和广阔，这三句不仅写得景色如画，而且使人感到有一股春晨的清新气息扑面而来，充满着美感和活力，一开始就为全词奠定了明丽热烈的基调。“山抹微云秦学士，露花倒影柳屯田”，这是苏轼的赞语（叶梦得《避暑录话》），可见此词的开头何等地脍炙人口。“金柳摇风树树，系彩舫龙舟遥岸”，继续写池上景象。除描绘自然风光外，更多地突出人工胜境：岸边垂柳飘拂的树上系有许多争奇斗丽的彩舟龙船，煞是好看。接着写金明池上的仙桥：“千步虹桥，参差雁齿，直趋水殿。”《东京梦华录》载：“仙桥，南北约数百步，桥面三虹，朱漆阑楯，下排雁柱，中央隆起，谓之骆驼虹，若飞虹之状。桥尽处，五殿正在池之中心。”词句所云，亦几乎写实，而又有文采，把仙桥凌波而起，雄跨池上，直通水殿的气势写活了。“绕金堤”四句，着重描写金明池上游乐场面。“曼衍鱼龙戏”，叙写上演的百戏花样繁多，变化莫测；“簇娇春罗绮，喧天丝管”，突出乐部歌舞妓人罗绮成群，弹奏起急管繁弦，声腾云霄。这几句如实渲染金明池上花光满路，乐声喧空的繁华热闹景象，也写得绘声绘影，历历在目。上片结语说：“霁色荣光，望中似睹，蓬莱清浅。”葛洪《神仙传》记麻姑语云：“向到蓬莱，水又浅于往者会时略半也。”词语本此。词人运用丰富想象而进入仙境。往金明池上望去，但见景色晴明，云气泛彩，好像看到的是海中的蓬莱仙山。此是前面现实描写的升华，并和开头称金明池为“灵沼”，前后呼应。

下片以“时见”二字突兀而起。“凤辇宸游”四句描写皇帝临幸金明池

【鉴赏】

并赐宴群臣的景况。接着铺叙君臣观看龙舟竞渡夺标。《东京梦华录》记载当时争标说:“有小舟一军校执一竿,上挂以锦彩银碗之类,谓之‘标竿’,插在近殿水中。又见旗招之,则两行舟鸣鼓并进,捷者得标,则山呼拜舞。”词中“两两轻舠飞画楫,竞夺锦标霞烂”两句,生动地再现了龙舟双桨飞举,奋力夺标的情形。这里笔法自然鲜活,词意显露,给人的印象十分深刻。“罄欢娱”三句,极写宴会上群臣咏唱赞美天子的诗歌的盛况,带有一定的颂圣味道。“别有盈盈游女,各委明珠,争收翠羽,相将归远”四句,由写皇帝临幸而转入叙士庶游赏情景。其中“各委”二句,化用曹植《洛神赋》中“或采明珠,或拾翠羽”的句子,言游女各自争着以明珠为信物遗赠所欢,以翠鸟的羽毛作为自己的修饰,形容其游春情态十分传神。“相将归远”,相偕兴尽而散。这一层描叙,使词的意味更加浓郁,使词的铺陈更见深厚。下片也以想象中的仙境作结:“渐觉云海沈沈,洞天日晚。”傍晚白云弥漫空际,广阔深邃,池上巍峨精巧的殿台楼阁渐渐笼罩在一片昏暗的暮色之中,仿佛如同神仙所居的洞府。写得惝恍迷离,飘渺神奇,带有理想的色彩,从而把汴京金明池上繁华景色的赞颂推到了顶点。

这首词采用如此多种手法,或白描,或夸饰,或用典,或想象,多层次,多侧面地尽情描写,充分刻画,铺叙层见叠出,转折不穷,给人一种淋漓尽致的感觉。

此词适应铺叙的需要,在句式上也很有特色。其一,通篇几乎都用的是最后一个节奏为双字的句子。如“千步虹桥,参差雁齿,直趋水殿”,节奏为二二,二二,二二,“虹桥”、“雁齿”、“水殿”都是双字。又如“簇娇春罗绮,喧天丝管”,节奏为一二二,二二,“罗绮”、“丝管”也都是双字。这样的句式显得声情顿挫,节奏舒缓,有利于进行从容不迫的铺叙。其二,多用对偶句,如“露花倒影,烟芜蘸碧”,“各委明珠,争收翠羽”等。全篇三十一句中,对偶句达六组十二句之多。从而使词音调和谐,参差中显出整齐,适宜于铺陈排比,张扬声势,收到了很好的艺术效果。

此词为篇幅达一百三十余字的慢词长调,作者十分注意篇章的组织安排,表现出层次分明,结构严密的特点。上片泛写池上景象,前叙金明池的水色风光,后写游乐的热闹景况。下片重点描绘赐宴和争标的场面,先写皇帝临幸情景,后叙士庶游赏情况。全词条理井然,眉目清晰。“金柳摇风树树,系彩舫龙舟遥岸”两句,不只写出了池边垂柳飘拂,彩舟争艳的美景,也为后面写“曼衍鱼龙戏”和“竞夺锦标霞烂”等作了伏笔。下片以仙境作结,和上片结尾写蓬莱神仙世界遥相呼应。全词由晨景始,以晚景终,叙写了池上一天的游况,其间写景、叙事、抒情熔于一炉,前后连贯,首尾照应,描写“细密而妥溜”(刘熙载《艺概》)。作者经过精心结撰,把这样一首篇幅长、词意繁的词组成了严密的艺术整体,充分体现了柳词“层层铺叙,情景兼融,一笔到底,始终不懈”(夏敬观《手评乐章集》)和“音律谐婉,语意妥帖,承平气象,形容曲尽”(《直斋书录解题》)的特点。

(吴小林)

二郎神

炎光谢。过暮雨、芳尘轻洒。乍露冷风清庭户爽,天如水、玉钩遥挂。应是星娥嗟久阻,叙旧约、飙轮欲驾。极目处、微云暗度,耿耿银河高泻。　　闲雅。须知此景,古今无价。运巧思穿针楼上女,抬粉面、云鬟相亚。钿合金钗私语处,算谁在、回廊影下。愿天上人间,占得欢娱,年年今夜。

咏节序之作是难写好的,所以在宋词里这类作品不多。柳永咏七夕的

【鉴赏】

《二郎神》虽"类是率俗"，但却直到南宋末年都还在民间广泛传唱，这说明它是具有特殊艺术魅力的。本来在我国民间关于七夕便有古老而优美动人的神话传说。每年七月七日的夜晚，天上织女与牛郎一年一度的佳期总令人间的痴儿女特地关注，并唤起他们对爱情幸福的热烈向往，因而七夕在唐宋时颇为人们所重视。柳永此词善于传达出民众在此佳夕所产生的普遍情绪和美好的愿望。

词人在作品里首先以细致轻便的笔调描绘出七夕清爽宜人的环境氛围，诱人进入浪漫的遐想境界。首韵"炎光谢"，说明炎夏暑热已退，一开头即点出秋令。《艺文类聚》卷三《夏》载晋李颙诗："炎光灿南溟，溽暑融三夏"，知"炎光"谓骄阳，代指夏暑；又同卷《秋》载宋孝武帝《初秋》诗："夏尽炎气微，火息凉风生"，并可为此句作注。先说初秋，次叙七夕，此日又从入暮写起。一阵黄昏过雨，轻洒芳尘，预示晚上将是气候宜人和夜空清朗了。"乍露冷风清庭户爽"，由气候带出场景。"庭户"是七夕乞巧的活动场所。古时人们于七夕佳期，往往在庭前观望天上牛女的相会。唐人陈鸿说："秋七月，牵牛织女相见之夕，秦人风俗，是夜张锦绣，陈饮食，树瓜华，焚香于庭，号为乞巧"(《长恨歌传》)。宋人孟元老也说："七月七夕……贵家多结彩楼于庭，谓之乞巧楼"(《东京梦华录》卷八)。民间观念认为，如果七夕风雨天阴，星月不明，则牛女将会受到阻碍而失去难得的佳期。但这个晚上却很好："天如水、玉钩遥挂"。秋高气爽，碧天如水，一弯上弦新月，出现在远远的天空，为牛女的赴约创造了最适宜的条件。我国古籍自汉、晋以来颇有关于织女星座神话传说的记载，而以《荆楚岁时记》所述尤详。据说天河(银河)之东有织女，她本是天帝的女儿，善织云锦天衣。天帝可怜女儿孤独寂寞，允许她嫁给天河西边的牛郎。因其嫁后便废弃织纴，天帝大怒，逼使她与牛郎分离，仍然一在天河之东，一在天河之西，只许他们每年七月七日晚上相聚一次。人们在庭户前乞巧时，仰望星空，关注着牛女一年一度的佳期。“应是星娥嗟久阻,叙旧约、飙轮欲驾”,想象织女嗟叹久与丈夫分离,在将赴佳期时的急切心情,于是乘驾快速的风轮飞渡银河。织女本为星名,故称“星娥”。“极目处、微云暗度,耿耿银河高泻”,表现了人们盼望天上牛女幸福地相会。他们凝视高远的夜空,缕缕彩云飘过银河,而银河耿耿光亮,牛女终于欢聚,了却一年的相思之债。柳永是一位倾向于写实的词人,所以写牛女之事巧妙地用了肯定性的猜度之辞“应是”,而写银河相会也以“极目处、微云暗度”而使它显得如若可见。他所要表达的自是现实生活中人们在七夕的心境。

只有体验过相思之苦的人,才珍惜一年一度的短暂欢聚机会。柳永是风流多情的才子,对七夕节序风习感受最深。词的过变两字句“闲雅”,承上启下,是词人对七夕节序特点的概括:它无繁盛宏大的场面,也无热闹浓烈的气氛,各家于庭户乞巧望月,显得闲静幽雅。这种闲雅的情趣之中自有很不寻常的深意。词人强调“须知此景,古今无价”,提醒人们珍惜佳期。“无价”,即其价值高得难以估量,也可见柳永对七夕的特殊重视,反映了宋人的民俗观念。词的下片着重写民间七夕的活动,首先是乞巧。据古代岁时杂书和宋人笔记,是以特制的扁形七孔针和彩线,望月穿针,向织女乞取巧艺。这是妇女们的事。庾信《七夕赋》说:“于是秦娥丽妾,赵艳佳人,窈窕名燕,逶迤姓秦,嫌朝妆之半故,怜晚拭之全新。此时并舍房栊,共往庭中,缕条紧而贯矩,针鼻细而穿空。”足见七夕穿针的风俗由来已久,此赋所写细节,也可以补充词语所未及。穿针也不是很容易的,有时“针欹疑月暗,缕散恨风来”(梁简文帝《七夕穿针》诗),所以要有点技巧。词中“运巧思穿针楼上女,抬粉面、云鬟相亚”的“运巧思”,落笔便体会到这一点。“楼上女”是说此女本居于楼上,穿针乞巧时才来到庭中的,所以接着说“抬粉面”,写“望月穿针”便形神兼备了,加以“云鬟相亚”,不忘记交代一下她的经过晚妆的头面。“亚”通压,低垂的样子。词写穿针乞巧,仅此一句,内涵

【鉴赏】

却颇为丰富，有文化习俗的历史传统，也有现实生活的人物动态，而妇女们对巧艺追求的热切心情与虔诚态度，于“运巧思”、“抬粉面”中也体现出来了。

这个富于浪漫情趣和神秘意味的晚上，在唐宋时似乎又为青年男女选做定情的好时候。“钿合金钗私语处，算谁在、回廊影下”，写七夕的另一项重要活动，既是词人浪漫的想象，也是民间的真实。自唐明皇与杨妃初次相见，“定情之夕，授金钗钿合以固之”（《长恨歌传》），他们“七月七日长生殿，夜半无人私语时”也就传为情史佳话。唐宋时男女选择七夕定情，交换信物，夜半私语，可能也是民俗之一。作者将七夕民俗的望月穿针与定情私语绾合一起，毫无痕迹，充分表现了节序的特定内容。词的上片主要写天上的情景，下片则主要写人间的情景；结尾的“愿天上人间，占得欢娱，年年今夜”是全词的总结。它寄予人们获得幸福的殷切祝愿，展示了词人热诚而广阔的胸怀。

这首词所写的七夕的节序风物都是极其平常而浅近为人熟知的，但我们可以设想，当七夕闲雅的氛围里，人们唱起它时一定会感到分外亲切，因为它写尽了天上人间的此情此景，词意浅俗易懂，形象鲜明生动，而作者热诚的祝愿会使人们异常感动的。也许它唤起了一种在日常纷扰的现实生活中容易忽视然而又是十分珍贵的情感。只有这时，词的艺术魅力才可能充分表现出来。自从古诗中写牛女的幽怨（“河汉清且浅，相去复几许，盈盈一水间，脉脉不得语”）之后，文人咏七夕之作总是带着浓重的感伤情调，以寄托个人的相思离恨。这些情调似乎与民间关于七夕的许多想象终隔一层。在民众看来，七夕佳期是值得庆幸的，柳词的“天上人间，占得欢娱，年年今夜”，可能较符合他们单纯朴素、积极乐观的生活信念。因而这首平凡率俗的柳词一直在南宋传唱不衰，以致词学家张炎都为之感到惊讶。柳永是北宋太平盛世的歌手，这首七夕词所表现的闲雅欢娱的情调正反映了在国家安定、经济繁荣的社会背景下的人们世俗生活的一个片断。由“须知此景，古今无价”便可想见当时人们在升平的社会环境里怀着对幸福的憧憬而欢度七夕的情景了。

（谢桃坊）

锦堂春

坠髻慵梳，愁蛾懒画，心绪是事阑珊。觉新来憔悴，金缕衣宽。认得这疏狂意下，向人诮譬如闲。把芳容整顿，恁地轻孤，争忍心安。　　依前过了旧约，甚当初赚我，偷剪云鬟。几时得归来，香阁深关。待伊要、尤云殢雨，缠绣衾、不与同欢。尽更深、款款问伊，今后敢更无端。

如果我们仔细研读柳永前期的俗词，便会发现其中有很大一部分是以代言体的方式描叙市井小民生活情趣的，尤以表现市井妇女精神生活见长。词人通过对她们心理的细致描叙，表现了她们热烈追求情欲、注重个人实际利益、蔑视封建礼法的市民意识，成功地刻画了她们大胆泼辣、富于计谋、无所顾忌的性格。《锦堂春》便是柳永这类俗词中颇有典型意义的。我们将看到一个与传统文人词中大为异趣的市井普通妇女的形象。

词以“坠髻慵梳，愁蛾懒画”两个四字对句起笔，直接表现这位妇女的精神状态。“坠髻”，表示发髻已松欲散了，而她“慵梳”；“蛾”，即蛾眉，指妇女修长弯曲的眉，已经含愁不展了，而又“懒画”，加倍写出她的情绪不佳。“心绪是事阑珊”，总束一句。“是事”，犹云事事、凡事，“阑珊”是近乎消失的状态。凡事都打不起精神来做,不只梳妆打扮是如此。这是心理状况。至于身体方面,她发觉新近面容憔悴了,身体消瘦了。“金缕衣宽”,衣裳变得宽大了,便是身体瘦下去了的证据。古人每以衣带宽松表示身体消瘦,如南朝梁沈约与徐勉书,自言“百日数旬,革带常应移孔”,以示腰围瘦减。柳永《凤栖梧》词也有“衣带渐宽终不悔,为伊消得人憔悴”之句。她之所以憔悴消瘦,是因“疏狂”的年青人引起的:“认得这疏狂意下,向人诮譬如闲。”柳词《少年游》云:“王孙走马长楸陌,贪迷恋、少年游。似恁疏狂,费人拘管,争似不风流。”“疏狂”,即风流浮浪之意。用“这”字领出,则此两字又变成指称这种人物,如《诗·郑风·山有扶苏》的“不见子都,乃见狂且”(“且”字助词无义)一样。“意下向人诮譬如闲”,直解就是“心里对我直是视若等闲”。“诮”,犹浑也,直也,见张相《诗词曲语辞汇释》。值得注意的是这个“人”字。此为女子自呼口吻。黄山谷《昼夜乐》词:“夜深记得临歧语,说花时、归来去。教人每日思量,到处与谁分付”的“人”字,即此义。现代还保留这种用法,为“人家”。此句女子怨怼的声口如见。至此,作者将抒情主人公思念怨恨的对象点明了,对方对自己的态度也“认得”了,以下便将词笔转到描叙她思谋对策的复杂心理了。

市民妇女对待情感,与其他上层社会妇女有所不同。她们比较注重现实的个人利益,不愿听人摆布自己的命运。比如这位妇女,她并不因这个“疏狂”的年青人,而长久地沉溺在忧伤之中。她有办法对付这一切,甚至可以采取各种报复行动。“把芳容整顿”,这是她不甘向命运屈服的第一个行动。“芳容”即美容,对于这点她又感到很自信,于是重新振作精神,克服慵懒情绪,梳妆打扮起来。这与起首两句相照应。“恁地轻孤,争忍心安”!说如果因为这点事情,就弄得形容憔悴,轻易辜负了自己的青春,怎能心安。她将要发泄一腔不平的怨恨。上阕至此,将词意小结,暗示了下阕词意发展的线索。

词的下阕全写她的内心活动。追思往事，使她内心不安和气愤难平的是："依前过了旧约，甚当初赚我，偷剪云鬟。""依前"，像从前一样。"云鬟"，如乌云似的头发。古代男女相别之时，有订立盟约，女子剪发以赠的习俗。赠发的意义是为了让男子见发如见人，另外还有以发缠住男子之心的神秘寓意。这在柳词中是常见到的，如《尾犯》："佳人应怪我，别后寡信轻诺。记得当初，剪香云为约。"另外在《洞仙歌》里表述得更明白："洞房悄悄，绣被重重，夜永欢余，共有海约山盟，记得翠云偷剪。"我们所说的这位妇女，她现在怨恨"疏狂"的人竟又像从前一样过了相约的归期。这疏忽大意不止一次了。既然他失约而不遵守诺言，为何当初又骗取她剪下一绺秀发为赠呢？说明他确实"疏狂"之甚，竟把盟约忘却或当作儿戏了。恼恨之下，她盘算着他有一天归来，要设法收拾教训他。她决心采取非常强硬的两个步骤，第一是"香阁深关"，不让他进绣房。如果他进房了，就"待伊要、尤云殢雨，缠绣衾、不与同欢"，不让他进被窝。以此逼使和要挟对方反省和屈服。这是一般妇女惯用的办法，还不足为奇。后一步骤就更充分表现了这位市井女性的泼辣性格："尽更深、款款问伊，今后敢更无端。"她听任时间在僵持中过去，等待到更鼓已深，即是半夜了，才严肃地从头到尾、有条有理慢慢数落他的疏狂，要他悔过认错，还要保证今后不能再无赖而致失约。当然以上两种办法都属设想性质，但可以相信，由于她的泼辣和深谋远虑，必将是说得到做得到的，不获胜利，决不罢休。全词结尾干净利落，给人留下一点想象，若再写下去就多余了。

我们可以想象，当女艺人绘声绘色、仿效市井妇女语气、模拟其动作来演唱这首词时，一定会产生很好的艺术效果，因为它从内容到形式都是市民能理解和欣赏的。它的语言是使用浅近的白话，其中还有不少的俗语，如"是事"、"认得"、"消"、"恁地"、"争"、"赚"、"无端"等，组织在全篇中成为表现力很强的通俗文学语言，有如絮语家常。作者善于抓住抒情主人公在梳妆时短暂的意识流程，展现其复杂的思想活动，使词意高度集中并能深化。词的结构绵密而层次分明，词意的发展合情合理。这种一气倾泻、内心独白式的线型结构是柳永这类俗词的基本特点，它以连贯的细节紧紧抓住听众，听来有头有尾，是市民所喜闻乐见的艺术形式。像这样通过深刻具体的人物心理描叙，刻画人物达到声情毕肖的境地，确实表现出作者成熟的艺术才能。

柳永创造的这位市井妇女的艺术形象，她泼辣的性格、不甘示弱的傲气、不拘封建礼法、具有强烈的自我意识，这使她不同于文人诗词中温柔敦厚、逆来顺受、听天由命、自怨自艾的妇女形象，她是较为典型的市民妇女。这个艺术形象的本身是具有反封建意义的，所以它能深深感动着市民群众。

（谢桃坊）

定风波

自春来、惨绿愁红，芳心是事可可。日上花梢，莺穿柳带，犹压香衾卧。暖酥消，腻云亸，终日厌厌倦梳裹。无那！恨薄情一去，音书无个。　　早知恁么，悔当初、不把雕鞍锁。向鸡窗，只与蛮笺象管，拘束教吟课。镇相随，莫抛躲，针线闲拈伴伊坐。和我，免使年少光阴虚过。

关于这首词，曾经有过一则词坛故事。据宋人张舜民《画墁录》记载：柳永因作《醉蓬莱》词忤仁宗之后，曾求谒当时的政府长官晏殊改放他官，

晏殊问柳:“贤俊作曲子(词)么?”柳永答曰:“只如相公亦作曲子。”晏殊即道:“殊虽作曲子,(却)不曾道‘彩线慵拈伴伊坐’(‘彩线慵拈伴伊坐’和本文所引的‘针线闲拈伴伊坐’系版本不同所致。晏殊所举出的,正是这首《定风波》词。)。”柳永只得告退。从中我们可以感觉到,正统的士大夫文人和柳永之间,其艺术趣味是有所不同的。

这首《定风波》表现的是思妇的闺怨。它用代言体的口吻、放开来说的笔调,把那位思妇的满腔情思,一股脑儿地端到了读者的眼前。你看,自从春天回来之后,他却一直杳无音讯。因此,在思妇的眼中,桃红柳绿,尽变为伤心触目之色(“惨绿愁红”);一颗芳心,整日价竟无处可以安放。(“是事可可”者,事事都平淡乏味也。)尽管窗外已是红日高照、韶景如画,可她却只管懒压绣被、不思起床。长久以来的不事打扮、不加保养,相思的苦恼,已弄得她形容憔悴,“暖酥”(皮肤)为之消损,“腻云”(头发)为之蓬松,可她却丝毫不想稍作梳理,只是愤愤然地喃喃自语:“无那(无可奈何)!恨薄情(郎)一去,音书无个。”自此以下,这位女主角便干脆把作者撇开在一旁,自己站出来向我们掏出她的心曲了:早知这样,真应该当初就把他留在身旁。在我俩那间书房(“鸡窗”)而兼闺房的一室之中,他自铺纸写字、念他的功课,我则手拈着针线,闲来陪他说话,这种乐趣该有多浓、多美,那就不会像现在这样,一天天地把青春年少的光阴白白地虚度!读完这些,在我们的面前,就仿佛出现了一位“快嘴李翠莲”(宋元话本中的人物)式的妇女形象,她把自己的怨恨和烦恼,痛痛快快地全部“掷”给了读者。同是表现思妇的闺怨,温庭筠《菩萨蛮》(小山重叠金明灭),只是用含蓄而委婉的笔触,作侧面和迂回的烘衬,直到末一句“双双金鹧鸪”,才若隐若现地从反面映照出思妇的孤寂来。温词所体现的文学趣味,是一种士大夫式的文雅的、精美的趣味。它写的虽是闺怨和艳情,可是却写得“好色而不淫”、“风流而蕴藉”,深深契合正统文人那一种“温柔敦厚”的审美嗜好。而柳词却

【鉴赏】

带有另一种市民色彩的文学趣味。它不讲求含蓄,不讲究文雅,而唯求畅快淋漓、一泻无余地发泄和表露自己的真感情。从这个角度上看,它就相当典型地体现着市民阶层那种"以真为美"、"以俗为美"的审美嗜好。这就难怪晏殊要不以为然了。

从思想色彩看,这首词明显带有这样两个特色:爱情意识的不可抑勒地苏醒和抬头;市民意识的顽强而自豪地要求在文学中得到自我表现。市民阶层是伴随着商业经济的发展而壮大起来的一支新兴力量。它较少封建思想的羁縻,也比较敢于反抗封建礼教的压迫。宋人平话《碾玉观音》中的璩秀秀,就是这样的一个典型人物。是她,首先敢于"勾引"崔宁一起"私奔",又是她,在死后犹执着于要和丈夫成为"生死冤家"、并向拆散他们婚姻的仇人报了深仇。这样"泼辣"、"放肆"地追求爱情,在"男女授受不亲"的封建时代是极为大胆的,它表现了一种新的思想面貌,反映在文人词里,就形成了《定风波》中这位女性的声吻:"镇相随,莫抛躲,针线闲拈伴伊坐。和我,免使年少光阴虚过"。在她看来,青春年少,男恩女爱,才是人间最可宝贵的,至于什么功名富贵、仕途经济,统统都是可有可无的。这里所显露出来的生活理想和生活愿望,在晏殊他们看来,自然是"俗不可耐"和"离经叛道"的,但是其中却显露了某些新的时代契机。所以,在这首不免有些庸俗意味的词篇里,却自寓藏着某些不俗的思想底蕴在内;而对于当时的市民群众来说,也唯有这种毫不掩饰的热切恋情,才是他们倍感亲切的东西。因而,这种既带有些俗气却又十分真诚的感情内容,就表现出了美的品格。柳词之虽不入正人雅士之眼而能达到凡有井水饮处皆能诵歌的境地,原因盖出于此。

其次,从艺术风格看,这首词是对于传统词风的一种"放大"和"俗化"。在柳永以前,词坛基本是小令的天下,它要求含蓄、文雅。到了柳永,他创制了大量的慢词长调,铺叙展衍,备足无余。试看这首《定风波》,光是描写一个“懒”字,就花了多少笔墨:从春色的撩拨愁绪,到芳心的无处可摆,再到“日上花梢,莺穿柳带”时的犹压香衾高卧,进而又写她的肌肤消瘦、鬓发散乱,最后才揭出她病恹恹的倦懒心境,这种重笔和加倍的写法,是只有在慢词长调中才能大显其身手的。它加强了全词的抒情气氛,对传统的小令风格是一种“放大”。以上是讲的宏观。再从微观来说,柳永这首词中所表现的这位女性,明显是一位身份不高的妇女——尽管它用了诸如“暖酥”、“腻云”之类的词藻来形容她的容貌,用了“香衾”、“雕鞍”、“蛮笺象管”之类的字面来形容他俩的起居物饰,但是却仍然掩盖不了他们的“俗气”——这是因为,“真富贵”的作者如晏殊,恰恰就讨厌用这种类似于“穷人夸富”的笔调来写他们的锦衣玉食的生活;相反,他们反倒喜欢用淡雅的语言来表现他们富贵生活。如晏殊词就是不用那些“金玉锦绣”的字眼而尽得“风流富贵”之态的。因此相比之下,柳词所写的一对青年男女,实际上是属于市民阶层中的“才子佳人”——他们正是功名未就的柳永自己和他在青楼中的恋人的化身。所以,为了要表现这样一种“新女性”(与温、晏某些词中的贵妇人相比)的心态,柳词就采用一种“从俗”的风格和“从俗”的语言。这或许就可以称作为“人物个性化”的需要。试看冯延巳《谒金门》(风乍起)写那位大家闺秀盼夫的心绪,是何等的含蓄、细腻,其举止行动,又是何等的文雅、优美。而因柳永表现的是一位青楼歌女的情感,它就采用了民间词所常用的代言体写法和任情放露的风格,以及那种似雅而实俗的语言。词的上片,用富有刺激性的字面(例如“惨绿愁红”),尽情地渲染了环境气氛;再用浓艳的词笔(如“暖酥消,腻云亸”之类),描绘了人物的外貌形态;接下来便直接点明她那无聊寂寞的心境(“终日厌厌”)。以下直到下片终结,则转入第一人称的自述。那一连串的快语快谈,那一叠叠的绮语、痴语(其中又夹着许多口语、俚语),就把这个人物的心理写得活灵活现、跃然纸上。她那香艳而放肆的神态,真挚而发露的情思,端的使人读到这首词后如闻其声，如见其形。综观全篇，除了《四库提要》批评柳词“以俗为病”之外，我们又感到了它的“以俗为美”的另一方面，而这种“以俗为美”又是首先基于“以真为美”之上的。所以，从认识柳词的基本思想特征和艺术特征这点出发，它和《雨霖铃》、《八声甘州》一样，是有着“标本”和“典型”的意义的。

（杨海明）

诉衷情近

雨晴气爽，伫立江楼望处。澄明远水生光，重叠暮山耸翠。遥认断桥幽径，隐隐渔村，向晚孤烟起。　　残阳里。脉脉朱阑静倚。黯然情绪，未饮先如醉。愁无际。暮云过了，秋光老尽，故人千里。尽日空凝睇。

柳永在北宋景祐元年(1034)考中进士之前的数年间，曾经像断梗飘萍一样漫游江南。他的足迹曾到过江、浙、楚、淮等地，依旧羁旅落魄，“奉旨填词”。这首《诉衷情近》是其漫游时期在江南水乡所作，抒写了他对京都故人怀念之情。

江南水乡的秋色在词人的感受中是平远开阔、疏淡优美的。雨晴之后，溽暑已消，天高气爽，给人以舒适清新之感。这时登江楼远望，很有诗情画意。江水是“澄明”的，表现了秋水的特点，“生光”是波浪在落照中粼粼闪映所致；更远处是层层苍翠的远山：这都是从高处远眺所见的景象，并通过“暮山”暗示了具体的时间。作者再进一步描绘江上秋晚的景色。“遥认”两字用得相当确切，很适合具体的环境，因为久久地“伫立江楼”，眺望中渐渐辨认出较远的景物形象。断桥、幽径、渔村、孤烟，它们在向晚黄昏的江上秋色的背景中构成了秋色平远的画面。这个画面给人以荒寒、凄清、寂寞的感受。柳永曾经在北宋都城汴京生活了很长一段时期，那里“绮陌红楼”、“名园芳树”、“九衢三市”、“香车宝马”的繁盛热闹，与当前荒江日暮的秋色形成强烈对照，怎不触动这游子的悲感呢！词的上阕描叙秋景，已为下阕悲秋的伤别意绪作了铺垫。过片处以“残阳”的意象承上启下，转入抒情。至此，作者关于具体时间已用“暮山”、“向晚”、“残阳”间接或直接地加以强调，突出秋江日暮对游子情绪的影响。抒情主人公的视角出发点前后是同一的，而作者在写法上颇不同，前者“伫立江楼望处”，是伫立远望；下阕的“脉脉朱阑静倚”，是含情静倚楼阑，转入思索，动了“黯然情绪”。虽然两者都是写人在江楼，突出的重点却不同。江淹《别赋》云：“黯然销魂者，唯别而已矣。”可见“黯然情绪”即伤别情绪。无际的离愁已使人如未饮先醉了。“如醉”表现情感的陷溺而不能自拔的状态。自此，词情的发展达到高潮：这黯然情绪是由“暮云过了，秋光老尽，故人千里”引起的。这是在现实中悲秋所生的迟暮之感与客处异乡所生的怀人的伤别意绪的混合。现实的景物增强了伤别意绪，因而无法消除，唯有“尽日空凝睇”以寄托对“故人”的思念。

对“故人”的思念是全词的中心，向晚的迟暮之感更强化了对故人的思念之情。但是作者并未将“故人”写得具体一些，而是含糊其辞的。联系柳永其他的羁旅行役之词来看，这“故人”概指他在京都相识的民间歌妓们。柳永漫游江南时对京都歌妓们深切的思念，表明尊重与她们的爱情和友谊。

《诉衷情近》在词体中属于中调。作者创作时依据体制的特点，在写景与抒情时，既未大肆铺叙，也不特别凝练。词旨点明即止，结构完整。作者还很注意上下阕之间和意群之间的照应和映衬。如“伫立”与“静倚”，“望处”与“凝睇”，“残阳”与“远水生光”，“暮山”与“暮云”，“秋光”与“雨晴气爽”，它们之间都存在着一定联系。如此照应和映衬，使词意发展的脉络极为清楚，而词的结构也就具有了谨严布置的特点。这首小词并非柳永名作，但我们从其用语的准确和结构的谨严，都可见出作者的匠心。

（谢桃坊）

集贤宾

小楼深巷狂游遍，罗绮成丛。就中堪人属意，最是虫虫。有画难描雅态，无花可比芳容。几回饮散良宵永，鸳衾暖、凤枕香浓。算得人间天上，惟有两心同。　　近来云雨忽西东。诮恼损情悰。纵然偷期暗会，长是匆匆。争似和鸣偕老，免教敛翠啼红。眼前时、暂疏欢宴，盟言在、更莫忡忡。待作真个宅院，方信有初终。

柳永在青年时代困居都城东京之时，为歌妓乐工写作新词，结识了许多民间歌妓。在《乐章集》中写到的便有秀香、英英、瑶卿、心娘、虫娘、佳娘、酥娘等，而与他情感最深的要算其中的虫娘了。他曾描述她卖艺的动人形象说：“虫娘举措皆温润，每到婆娑偏恃俊。香檀敲缓玉纤迟，画鼓声催莲步紧。贪为顾盼夸风韵，往往曲终情未尽。”（《木兰花》）可见她是一位温柔俊俏、色艺超群的多情女子。虫虫当是虫娘的昵称。柳永最初科举考试下第之后，仍怀着希望，曾安慰她说：“但愿我虫虫心下，把人看待，长似初相识。况渐逢春色，便是有举场消息。待这回好好怜伊，更不轻离拆。”

(《征部乐》)显然柳永是在下第后落魄无聊的情形下得到她的爱情的,因而他表示如果有了举场的好消息,即一举成名之后,定不忘记报答她的恩情。这首《集贤宾》词,写来有如以词代书,向虫虫表白自己的真实情感,向她许下庄重的誓言,给她以安慰和希望。

词人坦率地在词的开始就承认对虫虫的真情实意。“小楼深巷”即指平康坊曲之所,歌妓们聚居之地。北宋都城,“出朱雀门东壁,亦人家。东去大街麦秸巷、状元楼,余皆妓馆,至保康门街。其御街东朱雀门外,西通新门瓦子,以南杀猪巷,亦妓馆。以南东西两教坊”(《东京梦华录》卷二)。坊曲之中身着罗绮、浓妆艳抹的歌妓甚众,但柳永却特别属意于虫虫,为了她的“有画难描雅态,无花可比芳容”。自然有比虫虫更为风流美貌的,而具有雅态的却极为稀少。“雅态”是虫虫的特质。唐宋以来的一些歌妓,除了有精妙的伎艺之外,还有很高的文化修养,能吟诗作词。柳词《两同心》的“偏能做文人谈笑”和《少年游》的“心性温柔,品流详雅,不称在风尘”就是表现这种“雅态”,它是源于品格和志趣的高雅,全不像是风尘中的女子。柳永之所以爱慕虫虫正由于此。歌妓们虽然受制于娼家,失去了人身自由,但她们的情感是可以由自己支配的。柳永由于真正地同情和尊重她们,因而能获得其爱情,相互知心。以往的日月里就曾有过多少良宵,他与虫虫幸福地相聚,“凤枕香浓”,“人间天上”似乎只存在他们的真情了。词的上片追叙他与虫虫的恋爱小史。这是过去的事了,现在他们的爱情出现了一些波折。词的下片便叙说现实中发生的情事。

词的过片以“近来”两字将词意的发展由往昔转到现实。下片恰当地表达了词人内心复杂的情感,达到了劝说虫虫的目的。他能理解由于女艺人特殊的职业关系,云雨西东,这几乎使他俩失去了欢乐之趣。从与虫虫“偷期暗会,长是匆匆”的情形来推测,柳永困居京都,已失去经济来源,不可能千金买笑而在歌舞场中挥霍了;因而与虫虫的聚会只能偷偷地进行,

【鉴赏】

而且来去匆匆。由此使他希望与虫虫过一种鸾凤和鸣、白头偕老的正常夫妇生活，以结束相会时愁颜相对的难堪场面。“敛翠”，翠指翠眉，敛眉乃忧愁之状；“啼红”，红即红泪，指妇女之泪。虫虫在匆匆相会时“敛翠啼红”，暗示了他们爱情的不幸。这不幸全是来自社会方面的原因，很可能是因娼家严禁虫虫与这位落魄词人的往来。对此情形，词人提出了暂行办法和长远打算。暂行的办法是“眼前时、暂疏欢宴”，疏远一些，以避开社会或娼家的压力。他劝慰虫虫不要忧心忡忡，请相信他的山盟海誓。长远的打算是使虫虫能“作真个宅院”。《能改斋漫录》卷十七载无名氏改冯延巳“三愿”词作《雨中花》，结尾云：“五愿奴哥收因结果，做个大宅院。”“奴哥”为对女子的昵称。这两句与柳词语近意同。“宅院”当指姬妾。苏轼《减字木兰花》词赠徐君猷宠妾胜之云：“天然宅院，赛了千千并万万。”《水浒》第四回说赵员外将金老女儿养做“外宅”，均可证。旧时风尘女子得为士人姬妾，已符所“愿”。柳永是真正打算娶虫虫作“宅院”的。只有到了那时，才算是他们的爱情有始有终。“有初终”，语本于《诗·大雅·荡》“靡不有初，鲜克有终”。他预想黄榜得中之后实现这个愿望。

应该相信，柳永当时的许诺是真诚的，也是违反封建婚姻制度的。在宋代社会，像虫虫这样的贱民歌妓，是不可能与宦门子弟的柳永结为正常配偶的，即使免贱为良，纳为姬妾，也得经过一系列麻烦的程序，而且得付昂贵的身价银。现实生活是多变而残酷的。事实上后来柳永考中了进士，踏入了仕途，但客观条件已不容许他去实践为虫虫许下的诺言了。柳永“名宦拘检”，成为封建统治阶层中的一员，其社会地位与贱民歌妓无异天壤之隔。在当时的具体历史条件下，柳永敢于在作品中大胆表示与贱民歌妓结为正常婚配对偶，这已是难能可贵的了。在此意义上，《集贤宾》反映了北宋新兴市民思潮对柳永的积极影响，这在唐宋文人词中是甚为罕见的。

（谢桃坊）

【原文】

少年游

长安古道马迟迟，高柳乱蝉嘶。夕阳鸟外，秋风原上，目断四天垂。　　归云一去无踪迹，何处是前期？狎兴生疏，酒徒萧索，不似少年时。

一般人论及柳永词者，往往多着重于他在长调慢词方面的拓展，其实他在小令方面的成就，也是极可注意的。我以前在《论柳永词》一文中，曾经谈到柳词在意境方面的拓展，以为唐五代小令中所叙写的“大多只不过是闺阁园亭伤离怨别的一种‘春女善怀’的情意”，而柳词中一些“自抒情意的佳作”，则写出了“一种‘秋士易感’的哀伤”。这种特色，在他的一些长调的佳作，如《八声甘州》、《曲玉管》、《雪梅香》诸词中，都曾经有很明白的表现。然而柳词之拓展，却实在不仅限于其长调慢词而已，就是他的短小的令词，在内容意境方面也同样有一些可注意的开拓。就如这一首《少年游》小词，就是柳永将其“秋士易感”的失志之悲，写入了令词的一篇代表作。

柳永之所以往往怀有一种“失志”的悲哀，盖由于其一方面既因家世之影响，而曾经怀有用世之志意，而一方面则又因天性之禀赋而爱好浪漫的生活。当他早年落第之时，虽然还可以藉着“浅斟低唱”来加以排遣，而当他年华老去之后，则对于冶游之事既已失去了当年的意兴，于是遂在志意的落空之后，又增加了一种感情也失去了寄托之所的悲慨。而最能传达出他的双重悲慨的，便是这首《少年游》小词。

这首小词，与柳永的一些慢词一样，所写的也是秋天的景色，然而在情调与声音方面，却有着很大的不同。在这首小词中，柳永既失去了那一份

【鉴赏】

高远飞扬的意兴，也消逝了那一份迷恋眷念的感情，全词所弥漫的只是一片低沉萧瑟的色调和声音。从这种表现来判断，我以为这首词很可能是柳永的晚期之作。开端的“长安”可以有写实与托喻两重含义。先就写实言，则柳永确曾到过陕西的长安，他曾写有另一首《少年游》词，有“参差烟树灞陵桥”之句，足可为证。再就托喻言，则“长安”原为中国历史上著名之古都，前代诗人往往以“长安”借指为首都所在之地，而长安道上来往的车马，便也往往被借指为对于名利禄位的争逐。不过柳永此词在“马”字之下，所承接的却是“迟迟”两字，这便与前面的“长安道”所可能引起的争逐的联想，形成了一种强烈的反衬。至于在“道”字上著以一“古”字，则又可以使人联想及在此长安道上的车马之奔驰，原是自古而然，因而遂又可产生无限沧桑之感。而在此“长安道”上的词人之“马”乃“迟迟”其行者，则既表现了词人对争逐之事之已经灰心淡薄，也表现了一种对今古沧桑的若有深慨的思致。

下面的“高柳乱蝉嘶”一句，有的本子或作“乱蝉栖”，但蝉之为体甚小，蝉之栖树决不同于鸦之栖树之明显可见，而蝉之特色则在于善于嘶鸣，故私意以为当作“乱蝉嘶”为是。而且秋蝉之嘶鸣更独具有一种凄凉之致。《古诗十九首》云“秋蝉鸣树间”，曹植《赠白马王彪》云“寒蝉鸣我侧”，便都表现有一种时节变易、萧瑟惊秋的哀感。柳永则更在“蝉嘶”之上，还加了一个“乱”字，如此便不仅表现了蝉声的缭乱众多，也表现了被蝉嘶而引起哀感的词人之心情的缭乱纷纭。至于“高柳”二字，则一则表示了蝉嘶所在之地，再则又以“高”字表现了“柳”之零落萧疏，是其低垂的浓枝密叶已凋零，所以乃弥见树之“高”也。

下面的“夕阳鸟外，秋风原上，目断四天垂”三句，写词人在秋日郊野所见之萧瑟凄凉的景象，“夕阳鸟外”一句，也有的本子作“岛外”，私意以为非是。盖长安道上安得有“岛”乎？至于作“鸟外”，则足可以表现郊原之寥廓无垠。昔杜牧有诗云“长空澹澹孤鸟没”，飞鸟之隐没在长空之外，而夕阳之隐没则更在飞鸟之外，故曰“夕阳鸟外”也。值此日暮之时，郊原上寒风四起，故又曰“秋风原上”，此景此情，读之如在目前。然则在此情景之中，此一失志落拓之词人，又将何所归往乎？故继之乃曰“目断四天垂”，则天之苍苍，野之茫茫，词人乃双目望断而终无一可供投止之所矣。以上前半阕是词人自写其今日之飘零落拓，望断念绝，全自外界之景象着笔，而感慨极深。

下半阕，开始写对于过去的追思，则一切希望与欢乐也已经不可复得。首先“归云一去无踪迹”一句，便已经是对一切消逝不可复返之事物的一种象喻。盖天下之事物其变化无常一逝不返者，实以“云”之形象最为明显。故陶渊明《咏贫士》第一首便曾以“云”为象喻，而有“暧暧空中灭，何时见余晖”之言，白居易《花非花》词，亦有“去似朝云无觅处”之语，而柳永此句“归云一去无踪迹”七字，所表现的长逝不返的形象，也有同样的效果。不过其所托喻的主旨则各有不同。关于陶渊明与白居易的喻托，此处不暇详论。至于柳词此句之喻托，则其口气实与下句之“何处是前期”直接贯注。所谓“前期”者，我以为可以有两种提示：一则可以指旧日之志意心期，一则可以指旧日的欢爱约期。总之“期”字乃是一种愿望和期待，对于柳永而言，他可以说正是一个在两种期待和愿望上，都已经同样落空了的不幸的人物。

于是下面三句乃直写自己今日的寂寥落寞，曰“狎兴生疏，酒徒萧索，不似少年时”。早年失意之时的“幸有意中人，堪寻访”的狎玩之意兴，既已经冷落荒疏，而当日与他在一起歌酒流连的“狂朋怪侣”也都已老大凋零。志意无成，年华一往，于是便只剩下了“不似少年时”的悲哀和叹息。这一句的“少年时”三字，很多本子都作“去年时”。本来“去年时”三字也未尝不好，盖人当老去之时，其意兴与健康之衰损，往往会不免有一年不及一年之感。故此句如作"去年时",其悲慨亦复极深。不过,如果就此词前面之"归云一去无踪迹,何处是前期"诸句来看,则其所追怀眷念的,似乎原当是多年以前的往事,如此则承以"不似少年时",便似乎更为气脉贯注,也更富于伤今感昔的慨叹。

柳永这首《少年游》词,前半阕全从景象写起,而悲慨尽在言外;后半阕则以"归云"为喻象,写一切期望之落空,最后三句以悲叹自己之落拓无成作结。全词情景相生,虚实互应,是一首极能表现柳永一生之悲剧而艺术造诣又极高的好词。总之,柳永以一个禀赋有浪漫之天性及谱写俗曲之才能的青年人,而生活于当日之士族的家庭环境及社会传统中,本来就已经注定了是一个充满矛盾不被接纳的悲剧人物,而他自己由后天所养成的用世之意,与他自己先天所禀赋的浪漫的性格和才能,也彼此互相冲突。他在早年时,虽然还可以将失意之悲,借歌酒风流以自遣,但是歌酒风流却毕竟只是一种麻醉,而并非可以长久依恃之物,于是年龄老大之后,遂终于落得了志意与感情全部落空的下场。昔叶梦得《避暑录话》卷下记柳永以谱写歌词而终生不遇之故事,曾慨然论之曰:"永亦善他文辞,而偶先以是得名,始悔为己累,……而终不能救。择术不可不慎。"柳永的悲剧是值得我们同情,也值得我们反省的。

（叶嘉莹）

少年游

参差烟树灞陵桥,风物尽前朝。衰杨古柳,几经攀折,憔悴楚宫腰。　　夕阳闲淡秋光老,离思满蘅皋。一曲《阳关》,断肠声尽,独自凭兰桡。

【鉴赏】

送客灞桥，折柳赠别，这是始于汉人而沿袭至宋的风俗。灞陵桥即灞桥，在长安东灞水边。程大昌《雍录》载："汉世凡东出函关，必自灞陵始，故赠行者于此折柳为别。"传为李白所作的《忆秦娥》"年年柳色，灞陵伤别"，即指此事。故灞桥与"南浦"、"长亭"一样，凝聚着前代不少骚人墨客的离愁别恨。柳永作为"西征客"来到汉唐旧都长安，眼下又将在灞桥这一传统的别离之地与友人分袂，他徘徊桥上，自然神思徜徉，离忧顿生。

词以景起，首句总揽灞桥全景：暮色苍茫中，杨柳如烟；柳色明暗处，灞桥横卧。在作者眼里，灞桥已是别离的象征，所以眼前凄迷的灞桥暮景，更易牵动羁泊异乡的情怀。灞桥不仅目睹人世间的离鸾别鹤之苦，而且也是人世沧桑、升沉变替的见证。汉、唐鼎盛时，朱轮华毂，在此川流不息，如今景色依旧，人事全非。"风物尽前朝"一句，紧承首句又拓展词意，使现实的旅思羁愁与历史的兴亡之感交织，把空间的迷茫感与时间的悠远感融为一体，在貌似冷静的描述中，透露出作者沉思的神情与沉郁的情怀。

上片后三句从折柳送别着想，专写离愁。作者想象年去岁来，多少离人在此折柳赠别，杨柳屡经攀折，纤细轻柔的柳条竟至"憔悴"！古人咏柳赋别，多状春柳婆娑婀娜之姿，"以乐景写哀"。如"垂柳万条丝，春来织别离"（戴叔伦《堤上柳》）；"柳阴直，烟里丝丝弄碧。隋堤上，曾见几番，拂水飘绵送行色"（周邦彦《兰陵王·柳》）。此词却写衰杨古柳，憔悴衰败，已不胜攀折。以哀景映衬哀情，借伤柳以伤别，加倍突出人间别离之频繁，别恨之深重。

换头两句，以灞桥为中心，展现更为广阔的画面，使词境愈加凄清又无限延伸。面对灞桥，已令人顿生离思，偏又时当秋日黄昏，日色晚，秋光老，

【鉴赏】

夕阳残照，给本已萧瑟的秋色又抹上一层惨淡的色彩，也给作者本已凄楚的心灵再笼罩一层黯淡的阴影。想到光阴易逝，游子飘零，一种“夕阳西下，断肠人在天涯”的离思触绪而长，绵延不尽，终于溢满蘅皋了。词人写离愁别恨，多将抽象的感情化为具体的形象。如“离愁渐远渐无穷，迢迢不断如春水”（欧阳修《踏莎行》）；“路迢迢，恨满千里草”（周邦彦《早梅芳近》）。这里的“离思满蘅皋”，同样是用夸张的比喻形容离愁之多，无所不在，以此唤起读者的联想，牵动读者的心弦。

“一曲《阳关》”两句，转而从听觉角度写离愁。作者目瞻神驰，正离思萦怀，身边忽又响起《阳关》曲，把作者思绪带回别前离席。眼前又在进行一场深情的饯别，而行者正是自己。客中再尝别离之苦，旧恨加上新愁，已极可悲，而此次分袂，偏偏又在传统的离别之地，情形加倍难堪，耳闻《阳关》促别，自然使人肝肠寸断了。此即所谓“今古柳桥多送别，见人分袂亦愁生，何况自关情”（张先《江南柳》）。至此，目之所遇，耳之所闻，无不关合离情，纷至沓来，真是“物情人意，向此触目，无处不凄然”（柳永《临江仙引》）。词末以“独自凭兰桡”陡然收煞。“独自”二字，下得沉重，依依难舍的别衷，孤身飘零的苦况，尽含其中。周济《宋四家词选》说：“柳词总以平叙见长，或发端，或结尾，或换头，以一二语勾勒提掇，有千钧之力。”此词于收句布景出人，以人物行动见意，引导读者步入词情之最凄苦处，结得有力，有有余不尽之妙。

这首词，以哀景写哀，词中借助灞桥暮色、衰杨古柳、夕阳残照、《阳关》之曲等一系列物象与情景，对羁旅与感昔的双重惆怅反复渲染，悲秋与离愁浑然划一，风景与人事有机交融，含情绵邈，吐属自然。冯煦曰柳永词“状难状之景，达难达之情，而出之以自然”（《宋六十一家词选例言》），这一评语恰好道出此词特色。

（顾伟列）

少年游

一生赢得是凄凉。追前事、暗心伤。好天良夜，深屏香被，争忍便相忘。　　王孙动是[①]经年去，贪迷恋，有何长。万种千般，把伊情分，颠倒尽猜量。

〔注〕 ① 动是：犹言动不动就是。动，往往、经常、动不动之意。《三国志·吴志·周瑜传》："曹公，豺虎也，然托名汉相，挟天子以征四方，动以朝廷为辞。"王禹偁《中秋月》："莫辞终夜看，动是来年期。"薛瑞生《乐章集校注》注"动"为"惑"，又据《诗词曲语词汇释》指"是"与"甚"音近，故相通，释"动是"为"惑于甚"，大误。

在中国古典文学中，存在着很多"代言"型的作品。作者根据不同的情况，或者转变政治身份，或者变化性别，或者变身为某个角色，模仿他人的身份、心理、口吻、语气来代人设辞，进行创作，这种手法由来已久。像屈原的《山鬼》、《古诗十九首》中的《行行重行行》等等，都是此类作品的代表。柳永的这首词，代女性立言，也属于代言型作品。

"一生赢得是凄凉"，首句不用铺垫，起得奇崛而又沉痛。反观一生之种种，思绪万千，脑海中不知有几多事正在奔腾翻涌，起首便已经为下文奠下了一种追忆的基调。果不其然，下句"追前事、暗心伤"便直承此笔势。有此一承，则笔意不断，抒情节奏亦稍趋和缓，正是顿挫收放之法。"好天良夜，深屏香被，争忍便相忘。"此又由追忆写到眼下。今日之孤单，正映出往日之缠绵。"争忍"二字，透出哀怨之意。

【鉴赏】

下片便又承此哀怨之意来写。“王孙动是经年别”，至此，我们方能肯定词中的主人公是一位女性，而负心汉，则是一位公子哥。王孙，本是指王的子孙，后来意义逐渐泛化。《楚辞·招隐士》：“王孙游兮不归，春草生兮萋萋。”王夫之《楚辞通释》：“王孙，隐士也。秦汉以上，士皆王侯之裔，故称王孙。”又《文选·蜀都赋》：“有西蜀公子者，言于东吴王孙。”李善注引张华《博物志》：“王孙、公子，皆相推敬之辞。”女主人公爱慕的乃是一位公子哥，这样的恋爱，恐怕连读者见了，都会觉得现在的结果完全正常，但作为当事人的女主人公却偏偏不能理解：“贪迷恋，有何长。”女主人公或是涉世未深，或是过于痴情，显然还没有看透王孙公子们风流寡幸的本性。“万种千般，把伊情分，颠倒尽猜量。”他到底是有情还是无情？他到底是真心还是假意？全词便也就在这样无休无止的猜测中结束了。痴心的枉自情深，薄情的依旧快活，这样的爱情，恐怕是永远注定不会有什么结果了。

本词的首句，乃是直用韩偓《五更》的诗句，而其所描写的细节和情感，亦多和韩诗相似。韩偓《五更》诗云：“往年曾约郁金床，半夜潜身入洞房。怀里不知金钿落，暗中唯觉绣鞋香。此时欲别魂俱断，自后相逢眼更狂。光景旋销惆怅在，一生赢得是凄凉。”所谓“好天良夜，深屏香被”，所谓“怀里不知金钿落，暗中唯觉绣鞋香”，影射出的其实都是同样的肉体感受。而“王孙动是经年去”与“光景旋销惆怅在”，写的则都是好梦易碎、理想难成的悲哀和怅惘。同样的突破礼教的界限，同样的难以求得合法的结局，这反映出了不同时代不同女性的相同命运。而二者在主题以及情节设置上的相似性，则很好地说明了宋初文学与晚唐文学之间的承传关系。所不同的是，柳永的词在很大程度上洗去了韩偓诗中的那种浓香重彩，从而将晚唐诗的秾艳一变而成为了清丽。

男女主人公的分别，到底是因为感情不和还是因为阶级差异？男子对于女子的始乱终弃，到底是其风流的本性使然，还是因为这本身就是一个强者玩弄弱者的游戏？通过对一个普通个体的情感生活进行描写，揭示出一个跨时代存在的社会问题，这，恐怕是本词所具有的文学史之外的另一种意义吧。

（刘竞飞）

驻马听

凤枕鸾帷。二三载，如鱼似水相知。良天好景，深怜多爱，无非尽意依随。奈何伊。恣性灵、忒煞些儿。无事孜煎，万回千度，怎忍分离。　　而今渐行渐远，渐觉虽悔难追。漫寄消寄息，终久奚为。也拟重论缱绻，争奈翻覆思维。纵再会，只恐恩情，难似当时。

自宋以来，不少正统词论家指摘柳永的俗词，因为这些“淫冶讴歌之曲”不合封建社会的道德规范和文人的审美趣味，所以历来的词选很少收这类词。宋人黄昇《唐宋诸贤绝妙词选》卷五收入柳永俗词《昼夜乐》（秀香家住桃花径），也还是因苏轼《满庭芳》（香叆雕盘）引用了其中“腻玉圆搓素颈”一语。并且特为注明说：“此词丽以淫，不当入选，以东坡尝引用其语，故录之。”其实只要不具艺术偏见，仔细研读柳永俗词便不难发现，它是很有思想意义和艺术水平的。且如此词，便以细致的笔调描述市民妇女复杂的离情别绪。作者总是关注着市民阶层中那些不幸的妇女，深刻地揭示出她们的内心世界，在艺术表现技巧方面是非常成熟的。

同柳永许多这类俗词一样，此词也是采用线型的结构，按照情节的顺

【鉴赏】

序从头写起，但内容和形象都别具新意。开始是写抒情女主人公沉溺在对往日甜蜜的爱情生活的回忆里。这段幸福的生活虽只有“二三载”，在整个人生旅程中是短暂的，却因两心相照，“如鱼似水”般的和谐而令人难忘。但就在这幸福难忘的日子里，已潜伏了破裂的因素。他们的情感不是对等的，她委曲求全，百般迁就，“无非尽意依随”。作者一开始便展示了这位市民妇女善良温厚的性格，是作者笔下又一个典型形象。委曲求全的结果并未愈合反而加深了他们情感的裂痕，责任不在女方。“奈何伊。恣性灵、忒煞些儿”，“性灵”，俗语的意思是指性子或个性；“忒煞”，即太过分了。这说明他们的破裂纯由于男子的任性而不近情理，对他已无可奈何。因而双方由情感的破裂到最后分离便是情势发展的必然了。作者省略了不必要的离别细节的描述，词意的发展出现一次跳跃，进到女主人公诉说分离后的苦闷情绪。她不仅善良温厚，还具有女性在情感方面的弱点，心情十分矛盾：“无事孜煎，万回千度，怎忍分离。”“孜煎”，俗语，忧虑、思念之极，如柳词《法曲献仙音》：“记取盟言，少孜煎，剩好将息。”每当她闲着无事之时，将往事反复考虑，仍免不了对离人的眷恋，情感上难以割舍，这是她善良温厚性格的表现。

词的下片紧承上片结句之意，着力表现女主人公被遗弃后矛盾复杂的心理。首先，离人已经“渐行渐远”，加大了空间与情感的距离，“虽悔难追”。似乎当初若再委曲一些、再容忍一些，还是可以挽留住的，而今距离愈远，纵然后悔也无济于事了。根据这种情形，即使寄去消息，终究也是白费。“消息”两字分用，如李玉《贺新郎》“遍天涯，寻消问息，断鸿难倩”，是一种修辞方法。她也打算过同他再继续那一段爱情生活，即“重论缱绻”。无奈她经过“翻覆思维”，“思”些什么呢？是：“纵再会，只恐恩情，难似当时。”这就是她从现实状况下得出的预感，经过分离的痛苦和被弃后的冷静思考，她已认识到情感是不能勉强的，纵使有这个可能重续旧欢，恩情也不似当时的"如鱼似水相知"那样融洽了。她的判断是有根据的。

柳永笔下的这个市民妇女形象不同于其俗词中另一些大胆泼辣、富于计谋的妇女,而具有我国封建时代妇女传统的温良忍耐的品格。虽然遭到遗弃,她并不怨天尤人,而是尽可能地原谅对方,将过错归结为他的乖僻个性,总是设法弥补他们情感的裂痕,分离后还念念难忘,后悔未尽到应有的努力。这都说明她是温柔多情的,又有市民对爱情热烈追求的特点。下片写她的思维过程很有层次:首先是因别而悔;想写信去,又怕不会有回音;即使能重拾坠欢,也怕恩情难似当时。感情与理智交战写得如此曲折入微,非能深入人物内心设身处地体会透,是写不出的。作者对弃妇题材的处理有自己新颖而独特的方式,与传统文人诗词中常见的处理方式不同,并不将弃妇写得悲哀可怜,而是更表现得合符市民社会生活的真实。我们读了这首词之后会为其形象的真实所感动,也会叹服其朴素的表现手法所产生的艺术力量。

(谢桃坊)

戚　氏

晚秋天,一霎微雨洒庭轩。槛菊萧疏,井梧零乱,惹残烟。凄然,望江关,飞云黯淡夕阳闲。当时宋玉悲感,向此临水与登山。远道迢递,行人凄楚,倦听陇水潺湲。正蝉吟败叶,蛩响衰草,相应喧喧。　　孤馆,度日如年。风露渐变,悄悄至更阑。长天净,绛河清浅,皓月婵娟。思绵绵。夜永对景那堪,屈指暗想从前。未名未禄,绮陌红楼,往往经岁迁延。　　帝里风光好,当年少日,暮宴朝欢。况有狂朋怪侣,遇当歌对酒竟留连。别来迅景如梭,

【原文】

旧游似梦，烟水程何限。念利名憔悴长萦绊。追往事、空惨愁颜。漏箭移，稍觉轻寒。渐呜咽画角数声残。对闲窗畔，停灯向晓，抱影无眠。

柳永的《乐章集》以工于抒写行役羁旅见称。本词刻画驿馆的旅思，正是其长技之所在。据词里提到"宋玉悲感，向此临水与登山"诸语，可知作于湖北江陵。柳永外放荆南，已经年过五十。由于他爱同伶工乐妓交往，不为宋仁宗所喜，久不调职，难立于朝，只得外放州郡小官，心情是很郁闷的。这种情绪也深深地反映到词里来了。

这首词是三片的长调。在结构上，作者以时间为线索，从傍晚、深夜直写到翌日破晓，脉络井井，有条不紊。先写凄清的秋绪，次写永夜的幽思，最后归结到厌倦于征逐名利的官场生活这一主旨上来。篇幅虽然庞大，却细针密线，层次清楚。

上片描写的是微雨刚过的薄暮景色。"晚秋"二字点出了时令是在九月。先从近景写起：秋雨梧桐，西风寒菊，点缀着荒寂的驿馆。"惹残烟"，一字一层。"烟"而曰"残"，见出梧菊凋零无复烟笼霭密的生意。"残"而曰"惹"，则见出其勉为弄姿摇曳枝头的眷恋之情，益发令人怜惜。它与晏殊的"槛菊愁烟兰泣露"（《蝶恋花》）相较，虽同一拟人技法，似更能拨动人们的心弦。传神就在一个"惹"字。"凄然"以下写远景。"夕阳闲"以无心的落照反衬上文。"闲"字下得好，对比强烈，是移情的手法。近人陈苍虬《临江仙》词"人间闲夕照，消得一雷峰"，可谓善于学柳。"倦听"以下，转写所闻：一个"应"字更把蝉鸣、蛩响彼此呼应的秋声写活了。词笔细入毫芒，非静察不能到。

中片深入一层，刻画此地此时的心理状态。月明夜静，一身孤旅，清宵独坐，怎能不勾起伊郁的情思来呢？"夜永对景那堪"，六字为句，"屈指"以下转入忆旧，纯乎写情。以虚衬实，放笔直书而不嫌率直者，以其情真意厚可以流转自如的原故。

下片“帝里”六句，写狂放不羁的少年生活，具体地补足了“暗想”的内容。仍用虚笔，与上片密衔细接，有陇断云连之妙。“别来迅景如梭”一句喝断，转写实景。词笔虚实相间，腾挪有致。以向日的欢娱，衬出如今的落寞，烟村水驿，何限凄凉。经过一番铺垫与蓄势，然后引出了“念利名憔悴长萦绊”这一点睛之语来。为什么要抛亲别友，孤旅天涯，去受这份煎熬呢？不正是被区区的名利所羁绊么？难道这是值得的吗？就是这些往事的萦回，使他数遍更筹，听残画角，终夕难眠。结拍二句“停灯向晓，抱影无眠”为一篇词眼，写尽了伶仃孤处的滋味，是摹神之极笔。周济曾云：“柳词总以平叙见长。或发端，或结尾，或换头，以一二语勾勒提掇，有千钧之力。”(《宋四家词选》评柳永《斗百花》)移论此词，也是再恰当不过。

《戚氏》一调为柳永所创。全词二百一十二字，是重头巨制。从音律上讲，通篇谐协美听，句法活泼，平仄通叶，韵位尤错落有致。音律如此考究，也超过了一般的词曲。这是因为柳永不仅是一位出色的词人，还是一位优秀的音乐家。因为他兼有二者之长，才能创作出这样声情并茂、体制繁复的新声来。此词一出，流传很广，当时就有“《离骚》寂寞千载后，《戚氏》凄凉一曲终”(转引自《碧鸡漫志》)之赞词。其风靡一时的影响，据此可见一斑了。

（周笃文）

轮台子

一枕清宵好梦，可惜被、邻鸡唤觉。匆匆策马登途，满目淡烟衰草。前驱风触鸣珂，过霜林、渐觉惊栖鸟。冒征尘远况，自古凄凉

【原文】

长安道。　　行行又历孤村，楚天阔、望中未晓。念劳生，惜芳年壮岁，离多欢少。叹断梗难停，暮云渐杳。但黯黯魂消，寸肠凭谁表！恁驱驱、何时是了！又争似、却返瑶京，重买千金笑。

前人评柳永词的，说柳词不外羁旅行役之词，及闺房淫亵之语，归纳了柳词内容的两个大的方面，这首《轮台子》是抒写其羁旅行役之情的。从词的上下阕两结处看来，所写为离开汴京赴淮南的旅途情绪。所以说是赴淮南，是因词中有"楚天阔"语，考柳永生平活动，多在淮南以至浙江等地，宋人诗词中说到的楚即包括长江下游一带地方。本词内容，上阕主要是写旅途景物，下阕主要是抒发人生感慨，这也是词的一般写法。

首三句从旅店的清晨被鸡唤觉写起，表现出一种无可奈何之情。所谓"清宵好梦"，不外是"低帏昵枕"(《浪淘沙慢》)之类的情节。旅店里还作这样"好梦"，醒后无限惋惜，真如李煜说的"梦里不知身是客，一晌贪欢"。"匆匆"二句写离开旅店登程，从目中所见点明时节，与"邻鸡"句共同布设出客途凄凉气氛。"邻鸡唤觉"、"策马登途"，使人想到"鸡声茅店月，人迹板桥霜"，二者的生活境地及感受大相类似。"前驱"二句形容出途中早行人少时的静象。"风触鸣珂"、"惊栖鸟"为以动显静的表现手法。《诗经·小雅·车攻》句云："萧萧马鸣，悠悠旆旌。"毛传："言不欢哗也。"极精要地点出两句诗的描写用意，这种以动显静的手法，早被许多作家理会到并运用到创作中。王籍《入若耶溪》诗句云："蝉噪林逾静，鸟鸣山更幽。"便明白地道出了其中消息。"前驱"即向前驱马行进之意。"珂"为以贝螺之属制作的马勒上饰物。"渐觉"是早行时间变易的感觉，因时已渐晓，宿鸟易被惊动。"冒征尘远况"是从早行辛苦中产生的长途艰辛之感。"自古"句从自己的感受推想到旅途中的往古人情，聊以自解。晏幾道的《临江仙》"客情今古道，秋梦短长亭”，与此同一感慨。

下阕开始继续写旅途经历，然后转入抒情。“行行”句表明登途后行进之久，“楚天”句写出天色渐晓而尚未明定之象。“楚天阔”是视线已能展开的感觉，“望中未晓”则是视线远处尚觉阴暗之色。傍晚的暝色乃由远向近收敛，而清晨的曙色则是由近向远展开的，故望中远处尚觉未晓。“念劳生”三句直抒人生感慨，从上写生活经历中生出。“劳生”即劳碌的人生，“望中未晓”已表明暗中行经了许多途程，故感到人生劳碌。“惜芳年”二句更展开对整个人生的叹惋，是下阕抒情的凝集重心。这里《词律》于“生”字豆，以“壮岁”属上为八字句，恐亦非是。“叹断梗”二句，总述一天行程，直到日暮。“断梗”为截断的树枝，出自《战国策·齐策》土偶与桃梗的故事，土偶说桃梗将被雨水流去，这里是用来比喻人的行踪不定。“叹断梗难停”一句带过从“未晓”到“暮云”一整天的活动，亦如《木兰诗》中“将军百战死，壮士十年归”以二语略却木兰的战争经历，因《木兰诗》的主旨不在写战争，本词只在从一天的清晨和晚暮体现客子难过的心情。“杳”为深暗之意，这句说晚暮的云渐渐敛大地一切于深暗中。“但黯黯”二句申叙此时情绪。“黯黯”为心情惨郁之状。“魂消”谓心情激切时魂魄似将消散，形容离别时的神情。“寸肠”即心情，古人曾以“方寸之间”指心，或言“愁肠万转”形容忧愁急切之状。此“寸肠”归纳了以上所叙一日间的旅途感受。“凭谁”为向谁之意，“凭谁表”意谓无人可以表白。这二句前用一“但”字，表现出一种无可奈何之情。“恁驱驱”句表示对行旅生活的厌倦，把羁旅之情伸到至深处。“恁”为“这般”之意。“又争似”二句为从旅情极处产生的想法。“争”意同“怎”，“却”亦“返”意，“却返”即转回。“瑶”本为美玉，此用以形容京城之华美。云“重买”，表明以前在京城的一种生活状况。这二句意谓与其这般驱驱道途，又怎如转回京城，重度千金买笑的生活呢！从生活的一个方面，透露出生活的另一个方面。由旅途的劳倦而转思回京城的欢乐，是柳词中常见的表情。

柳永的羁旅行役之词，颇多对于山水及时节风物的描写，在这类景物上蒙着恋惜闺房欢乐的愁黯色调，呈现出幽秀淡远的风貌。这首词在景物上着墨不多，主要的是抒写其倦旅之情，而且着重于寒霜之晨，极见旅途早行生活之艰辛，写法上是较异的。

（胡国瑞）

引驾行

虹收残雨。蝉嘶败柳长堤暮。背都门[①]、动消黯[②]，西风片帆轻举。愁睹。泛画鹢[③]翩翩，灵鼍[④]隐隐下前浦。忍[⑤]回首、佳人渐远，想高城、隔烟树。　　几许。秦楼永昼[⑥]，谢阁[⑦]连宵奇遇。算赠笑千金，酬歌百琲[⑧]，尽成轻负。南顾。念吴邦越国，风烟萧索在何处[⑨]。独自个、千山万水，指天涯去。

〔注〕 ① 都门：北宋京都汴京城门。 ② 消黯：黯然销魂。 ③ 画鹢(yì)：古代在船首上画鹢鸟的像，故称船为“画鹢”。 ④ 鼍(tuó)：亦称“扬子鳄”，我国特产动物，皮可蒙鼓。此处即代指鼍鼓。 ⑤ 忍：此处意为“怎忍”。 ⑥ 永昼，同“永日”，尽日，整日。 ⑦ 谢阁：此指妓院。 ⑧ 琲(bèi)：成串的珠。 ⑨ 萧索：萧条，冷落。

“黯然销魂者，唯别而已矣！”（江淹《别赋》）千百年来，多少赋家、诗人、词客，各逞才华，写下了无数优美的篇章，以抒发朋友之间、恋人之间、夫妻

【鉴赏】

之间、父母子女兄弟姊妹之间绵绵不尽的离愁别恨。感情丰富而又命运多舛的柳永，同样是擅长表现这个传统题材的能手。除了脍炙人口的《雨霖铃》、《八声甘州》之外，《引驾行》也是写得较好的一首。

这首词采用了柳永慢词常见的写法，上片侧重写景状物，下片侧重抒发情怀。就上片而言，又可以分为四个层次。

词的开头两句可算第一个层次："虹收残雨，蝉嘶败柳长堤暮。"秋天的一个傍晚，一阵骤雨过去，天边露出彩虹，河畔的长堤上，蝉儿在枯败的柳树枝头长鸣。寥寥几笔，勾勒出一幅萧瑟凄清的秋景，点明了词人与意中人分离的节令和时间。应当说，暮雨、寒蝉、败柳，都是柳永赠别词中常见的景物，但作者在这里再次拈来这几种景物，仍然使我们感到贴切自然，因为它不仅切合特定的时空环境，而且吻合作者此时此地的心情。王国维云"一切景语皆情语也"(《人间词话删稿》)，说的就是这个道理。

第三、四两句可算上片的第二个层次："背都门、动消黯，西风片帆轻举。"它紧承前面两句，点明了离别的地点。词人怀着悲凉的心情，登上行舟，即将远行了。

接下来的三句是第三层："愁睹。泛画鹢翩翩，灵鼍隐隐下前浦。"它具体描写了词人乘坐的船渐渐远去的情景。"愁睹"二字，是词人假托心爱的女子的眼光来观察；"画鹢"是较大的船只，与"扁舟"不同，因此，行船时才用得上鼍皮蒙的鼓来助力。随着船只的"翩翩"航行，鼍鼓的声音也逐渐"隐隐"不闻。在岸上含愁凝望的女子，怎能不更添愁闷！

上片的最后两句是第四层："忍回首、佳人渐远，想高城、隔烟树。"它将观察点从岸上的"佳人"移到舟中的词人，正面表现词人对意中人恋恋不舍的情态：他不忍回头，但却禁不住一次又一次地回头张望，直到"佳人"的倩影渐渐消失，他还在张望着，想象着佳人在汴京城内居住的高楼，那楼阁之间茂密的树木……

【鉴赏】

综合上片这几层意思，我们可以看到，词人将时、地、人融为一体，相当细密地表现了一场难分难舍的离别。这里所说的“细密”，不是像散文那样，精细入微地描写人物的语言、动作和表情，而是按照词的特殊思维方式，在有限的字句中，准确地抓住抒情主人公的心境，尽可能多层次、多侧面地点染离别的环境、气氛。在这一点上，柳永比起他的许多前辈作家来，确实前进了一步。

在下片中，词人尽情抒发了离别之后的伤感和怅惘，也可以分为四个层次来看。

第一层包括前面三句：“几许。秦楼永昼，谢阁连宵奇遇。”词人首先陷入了往事，回忆起他与“佳人”的相识。这里的“秦楼”、“谢阁”告诉我们，词中的这位“佳人”，跟柳永另外一些赠别词的对象一样，也是一位沦落风尘的青楼女子。词人与她“永昼”相从，“连宵”共度，把这段经历称为“奇遇”，这表现了他对她的珍爱。这三句解释了词人与“佳人”难分难舍的原因，在上片与下片之间起了承上启下的作用。

接着三句是第二层：“算赠笑千金，酬歌百琲，尽成轻负。”它将今、昔对照，突出了今日离别的痛苦。在那段如痴如醉的日子里，词人为了讨得这位“佳人”的欢心，慷慨解囊，哪怕用千两金银换得一笑，用百串明珠酬谢一歌，也在所不惜。可是如今，这一切都被轻易地抛弃了，抚今追昔，恍如一场梦幻！应当指出，词人把他与这位心上人的爱情关系用“赠笑千金，酬歌百琲”来表现是不可取的。因为，在风月场中，千金买笑，摆阔斗奢，不过是王孙官僚们追逐声色的一种手段，其中并无爱情可言，丝毫不值得艳羡。当然，柳永同那些以玩弄妓女为目的的王孙官僚有着绝大的不同，他对那些被侮辱被损害的风尘女子确实不乏真诚的同情，对其中某些人也确实产生过真实的爱恋之情。但是，他有点像《红楼梦》中的贾宝玉，见到聪明美丽的女性，就常常禁不住要滥施爱情；而在某些时候，他还没有贾宝玉的天真，有的却是逢场作戏的轻浮感情。因此，词人在作品中讴歌的恋情并非都是那么庄重，那么崇高，那么深挚的。同时，尽管词人实际上不可能挥金如土，这里的“赠笑千金，酬歌百琲”两句不过是出于夸张，但这种夸耀性的语句仍然透出一些浪子的气息。而且，他在词作中不止一次地使用过这类语句，如：“况有红妆，楚腰越艳，一笑千金何啻。”（《长寿乐》）“算一笑，百琲明珠非价。”（《洞仙歌》）这样，对那位“佳人”的爱恋，其基础就不同于“同是天涯沦落人”的相怜相爱，而较多地带上世俗气了。

自然，词人在纵笔抒怀的时候，不可能有今天这样的认识。其时其地，他深深体味到的，是离别的苦恼和空虚。在后面两层中，他着力抒发的正是这种难以名状的孤独感。

第三层包括这样三句：“南顾。念吴邦越国，风烟萧索在何处。”放眼南望，自己将要奔赴的江浙一带，秋风萧瑟，烟水迷茫，哪儿是我落脚之处？这几句带有强烈的主观色彩，把前途的黯淡渺茫表现得那样“冷”，同往昔灯红酒绿、饮宴歌舞的“热”形成鲜明的对比。

最后两句是第四层：“独自个、千山万水，指天涯去。”词人的孤独、凄凉，可说是一泻无余。我们似乎看见，满面风尘的词人在天涯海角踽踽独行，在山重水复的旅途上发出沉重的叹息……

综观这首《引驾行》词，就“对眼前写景”而论，词人以他高超的白描笔法，确实做到了“写得景明”，“豁人耳目”，表明他“所见者真”，不愧为北宋大家。就“据心上说情”而论，词人以他一贯的不加讳饰的态度，率然直陈，也做到了“说得情出”。不过，他的“情”可以分为两层：一为游子之情，在这方面，他由于“所知者深”，因而写得“沁人心脾”；一为恋人之情，这方面如前所说，确有瑕疵。不过，全词的着眼点还是在离别的难舍和别后的孤独，而作者在这方面的成功，就赋予全词比较强烈的艺术魅力。

（沈伯俊）

【原文】

望远行

绣帏睡起。残妆浅，无绪匀红铺翠[①]。藻井[②]凝尘，金阶铺藓，寂寞凤楼十二。风絮纷纷，烟芜苒苒，永日画阑，沉吟独倚。望远行，南陌春残悄归骑。　　凝睇。消遣离愁无计。但暗掷、金钗买醉。对好景、空饮香醪，争奈转添珠泪。待伊游冶归来，故故[③]解放翠羽[④]，轻裙重系。见纤腰围小，信人憔悴。

〔注〕 ① 匀红铺翠："红"，指胭脂，"翠"，指翠黛。"匀红铺翠"，意指搽脸画眉，梳妆打扮。 ② 藻井：传统建筑中天花板上的一种装饰处理。 ③ 故故：故意，特意。 ④ 翠羽：翠羽织成的衣裙。

此词是春闺怀远之作。从"藻井"、"金阶"、"凤楼"等词语来看，主人公是一位身份不低的女子。暮春时节，她独处深闺，因思念远人而无心装饰，触目酸心，牵情惹恨，百般消解而惆怅如旧，无所寄托，只能以良人归来的幻想来安慰自己。

上阕以"绣帏睡起"开篇。主人公春日睡起，脸上宿妆已残，然而她无心补妆，此正是"自伯之东，首如飞蓬。岂无膏沐？谁适为容"(《诗经·卫风·伯兮》)之意。和"残妆浅"相一致，主人公所处的内部环境是"藻井凝尘，金阶铺藓"，华丽中全是凄凉寂寞之意。藻井既已凝尘，自然是已经长久没有歌舞娱乐，甚至连门都很少开启，否则哪怕有燕子穿帘过户，藻井也不至于"凝尘"。而下一句"金阶铺藓"，正证明了主人公闭户索居，摒除一切娱乐的寂寥生活。内部环境如此，外部环境更是在寂寞之外更添一层凄凉之意。暮春残景，芳草萋萋，飞絮漫天，风烟满眼。主人公的心情就如同漫天飞絮一般无依无着，迷茫惆怅。“闺中风暖，陌上草薰”（江淹《别赋》），她和丈夫也许正是在这个时候分别的。芳草（烟芜）暗逗怀远之主题，“王孙游兮不归，春草生兮萋萋”（《楚辞・招隐士》）。主人公倚栏凝望，终日沉吟，然而南陌悄悄，远人依旧未归。作者用笔细腻，“绣帏睡起”，可以想见主人公“残妆浅”；她“无绪匀红铺翠”，自然也无心作乐，无心外出，必然导致“藻井凝尘，金阶铺藓”；她既然居住在“凤楼十二”，那么自然惯于凭高望远，“画阑独倚”；她既看到了“烟芜苒苒”，芳草连天，那么由芳草而思远人，也是心理活动的必然。从“绣帏睡起”开篇直到“望远行”之点出主题，线索一丝不乱，每一句都是自然而然，彼此呼应，贯通如水，充分表现了柳永词工于铺叙的艺术特征。清宋翔凤《乐府余论》谓“柳词曲折委婉，而中具浑沦之气”，指的正是这个意思。王灼在《碧鸡漫志》中评论柳永“浅近卑俗”，但也不得不承认“（柳词）该恰，序事闲暇，有首有尾”。

下阕以“凝睇”领起，收束上阕末尾的“望远行”，开启新的抒情线索，从写景抒情转变为叙事抒情。主人公试图消解离愁，然而她不愿出门游玩，也不愿呼朋唤友歌舞作乐，而选择了“金钗买醉”。此处“金钗”呼应了上文的“金阶”，金钗可以随便抛掷，金阶可以任由铺藓，对主人公来说毫不在乎，却令读者油然而生痛惜之意。醉岂可买，即使对着良辰美景，借酒浇愁，也只不过是酒入愁肠，化作相思泪而已。因为酒醉，她沉入幻想之中：有朝一日意中人归来，她一定要解开厚重的翠羽裙，系上轻薄的纱裙，让他看看自己因为相思而憔悴消瘦到了何等程度！暮春时节正是人们脱下厚厚冬衣，换上轻薄春装的时候，但女主人公并未换装，要等到良人归来才肯“轻裙重系”，这一方面暗示了她心绪萧索、无心打扮，呼应上阕的“无绪匀红铺翠”，另一方面也透露出她身体单薄，不耐春寒，透露出下文的“纤腰围小，信人憔悴”，足见她的虚弱病态并非撒娇作痴，而是无法回避的现实。

【鉴赏】

《诗经·卫风·伯兮》中的女子固然“愿言思伯，使我心痗”，但她的丈夫是因为公务外出，“伯也执殳，为王前驱”，而《望远行》中的主人公的丈夫则是因为“游冶”而迟迟不归。“游冶”二字，透露了她对良人迟迟不归的埋怨，“玉勒雕鞍游冶处，楼高不见章台路”（欧阳修《鹊踏枝》）。主人公心绪难平，因渴望而失望，因失望而怨怼，因怨怼而猜疑。她不能不想，良人迟迟不归，一定是在外面有了新的相知，然而即使如此，她也无可奈何，只能通过展露憔悴这一近乎自残的方式来表达自己的爱恋深情。生命在日复一日的等待中消磨殆尽，就如同门外的残春。尘封的岂止是藻井，更是一颗鲜活的心，而生藓的也不止是金阶，亦是如同死水般寂寞的生活。然而即使凝尘，即使铺藓，藻井依然是藻井，金阶依然是金阶，藻井和金阶的高贵美丽并未因为外物的侵染而改变本质。主人公虽然怨怼，虽然猜疑，但一颗痴心不改，良人纵使游冶不归，她也丝毫没有移情别恋的打算。和“荡子行不归，空床难独守”（《古诗十九首》）相比，主人公要坚贞得多，即使这坚贞正是她痛苦的来源。由此回看上文“但暗掷、金钗买醉”，一“掷”字，隐约透出了主人公的激愤和痛苦，而“暗”字则又消解了这种激愤的力度。主人公的矛盾心理早已在一个随随便便的动作中就已展露无遗。柳永本身就是个亲近花丛，“绮陌红楼，往往经岁迁延”（《戚氏》）的荡子，他比一般人更了解男性在外流浪花丛、久不归乡的心理，而常年和歌姬舞女相处，也使他更能体会女性内心的伤感与痛苦，因此他能写出主人公的这种猜疑和坚贞并行不悖的心理。

和上阕相比，下阕多用虚字，“但”、“空”、“争奈”，不仅在音乐上具有一种跌宕之势、飞动之美，消解了上阕堆叠实词而导致的某种程度上的沉重板滞，也很好地以形式（虚字）配合了内容（主人公的幻想）。上下阕各有侧重，一写景，一叙事，一写实，一入虚，彼此映带，而统一在情绪的流动和生发之中，使整首词显得摇曳多姿，轻重适宜。全词虽然字数不少，然而作者善于安排，一气贯注，“铺叙委婉，言近旨远”（周济《介存斋论词杂著》），实属慢词中的精品。

（孔燕妮）

击梧桐

香靥深深，姿姿媚媚，雅格奇容天与。自识伊来，便好看承，会得妖娆心素。临歧再约同欢，定是都把、平生相许。又恐恩情，易破难成，来免千般思虑。　　近日书来，寒暄而已，苦没忉忉言语。便认得、听人教当，拟把前言轻负。见说兰台宋玉，多才多艺善词赋。试与问、朝朝暮暮，行云何处去？

唐人的闺怨诗，反映少妇和丈夫的离恨，大都含蓄蕴藉，最忌尽情倾吐，直而不婉。柳永抒写妓女对情人相思的词，则恰好相反，偏偏以“铺叙展衍，备足无余”为快。这阕《击梧桐》，便是一例。

关于这一阕词，《绿窗新话》卷上引《古今词话》“柳耆卿因词得妓”条有这样的记载：“柳耆卿尝在江淮眷一官妓，临别以杜门为期。……会朱儒林往江淮，柳因作《击梧桐》以寄之……妓得此词，遂负愧竭产，泛舟来辇下，遂终身从耆卿焉。”虽然不可信，但就内容来看，说这阕词是代妓女抒发相思之怨情的，当不为诬。

这阕词对怨情的抒发，不像唐人的闺怨诗那样，往往只写一点、一面或一个瞬间。如王昌龄《闺怨》：“闺中少妇不知愁，春日凝妆上翠楼。忽见陌头杨柳色，悔教夫婿觅封侯。”金昌绪《春怨》：“打起黄莺儿，莫教枝上啼。

【鉴赏】

啼时惊妾梦，不得到辽西。”《击梧桐》反映的是从相知到分离，再到相思的全过程，具有较强的叙事性。

此词上片，回忆过去的相知和别离。首三句，自夸丽容和媚态，显系妓女的口吻。看吧，她自夸的不是如何端庄，如何勤劳，如何富丽，如何有教养之类，而是“香靥深深”，涂抹了香粉的脸蛋上有一对深深的酒窝；“姿姿媚媚”，姿容足以媚悦于人；“雅格奇容天与”，格调、容貌出众，是天所给予的。以她这些自夸的内容来和《孔雀东南飞》里刘兰芝自陈的“十三能织素，十四学裁衣，十五弹箜篌，十六诵诗书”相比，来和《陌上桑》里作者赞美罗敷“头上倭堕髻，耳中明月珠。缃绮为下裙，紫绮为上襦”相比，她的身份非一般良家妇女，不是昭昭然的吗？

“自识伊来”三句，是对过去相知相爱的甜蜜的回忆，洋溢着幸福感。她先概括地说，从一开始认识，便蒙他很好地看待自己，然后着重地指出他最突出之点：“会得妖娆心素”，理解得了她一片娇媚的内心的情愫。俗话说：千两黄金容易得，知心一个也难求。妓女是“这人折去那人攀，恩爱一时间”的，谁去管你的什么“心素”呢，而他竟如此“会得妖娆心素”，怎能不使她念念不忘呢！

“临歧再约同欢”两句，是对过去分别时的回忆。当时的依恋之情，跃然纸上，而又充分地表现那对未来的美好的希望。我们不难想象，在那岔道上，一对情侣时而泪眼相看，时而破涕为笑，时而海誓山盟的情态。

“又恐恩情”三句，是新别后的担忧。因为在烟花路上，“少年公子负恩多”，谁能保证他的“同欢”之约、“相许”之言，不会一走了之呢？所以，她对别时“再约同欢”的美梦，不能不产生“易破难成”的“千般思虑”。在这思虑当中，包含着多少的惆怅啊！

下片，抒写现在的怨恨和相思。首三句，表现得到情郎书信后的不满。一对情侣，如果是真心相爱的话，他分离后应该是非常痛苦，非常忧伤的。

现在，他来信了，却只是“寒暄而已，苦没忉忉言语”，她岂能满足，岂能不恨。“寒暄”，在这里的意思是泛泛的应酬话。“忉忉”，忧思貌。本于《诗·齐风·甫田》里的“无思远人，劳心忉忉”。“忉忉言语”，在这里是表示痛苦相思之类的词句。

“便认得”两句，是因为来信内容只是“寒暄而已”所引起的猜测、判断。她合乎逻辑地认定情郎是“拟把前言轻负”。“前言”，指上片所写的临别时的“再约同欢”、“平生相许”。她的话极有分寸，不说“已把”、“定把”或“全把”之类绝对的话，只说“拟把”，打算把，意味着目前尚未把“前言轻负”。她很可能是这样想的：他要是定把、已把或全把“前言轻负”的话，便不会寄来书信；既然寄来书信，尽管只是“寒暄而已，苦没忉忉言语”，也说明他还没有完全恩断义绝，对自己仍是藕断丝连的。正因为如此，所以她对他的怨恨中含有宽恕之意，把罪责归在了第三者的身上，说他是“听人教当”的。这里的“教”，是教唆的意思；“当”，是语助词，犹“着”。这个姑娘的猜测，判断，是否正确，我们不得而知，但我们倒的确感受到了这个姑娘的忠恕和柔情。

“见说兰台宋玉”两句，是对情郎的才华的赞许，充满了倾慕之情。“见说”，即听说。“兰台”，在今湖北省钟祥县东。此地并非宋玉的籍贯，是因为宋玉在《风赋序》里讲，“楚襄王游于兰台之宫，宋玉、景差等侍”而说的，有称道其地位显达的意思。宋玉，战国时楚人，辞赋家，屈原的后辈，曾为楚顷襄王大夫。这里是用他来指代她的情郎。

最后两句，是对情郎的关心和思念。“与问”，犹为问。“朝朝暮暮，行云何处去？”本于宋玉《高唐赋序》：“昔者楚襄王与宋玉游于云梦之台，望高台之观，其上独有云气，崪兮直上，忽兮改容，须臾之间，变化无穷。王问玉曰：‘此何气也？’玉对曰：‘所谓朝云者也。’王曰：‘何谓朝云？’玉曰：‘昔者先王尝游高唐，怠而昼寝，梦见一妇人，曰：妾巫山之女也，为高唐之客；闻

【原文】

君游高唐，愿荐枕席。王因幸之。去而辞曰：妾在巫山之阳，高丘之阻，旦为朝云，暮为行雨，朝朝暮暮，阳台之下。'"其中包含着对情郎不知又与什么姑娘在一起了的担忧和哀怨。但是，更主要的是期待知道情郎的下落，盼望情郎践约"同欢"的意绪。温情脉脉，楚楚动人！"行云"，这里是指代她的情郎。

这一阕词，没有什么深刻的社会意义，也算不得《乐章集》中的白眉，但其体会妓女的心情入微，又能用明白家常的俗语、谐和委婉的声调，层次清晰、曲折生动地表现出来，那样的自然，那样的细腻，且没有什么淫词秽语混杂其中，因此仍不失为佳作。以之与唐五代词人相类或相近的作品相比，如温庭筠的《南歌子》："懒拂鸳鸯枕，休缝翡翠裙。罗帐罢炉薰。近来心更切，为思君。"牛峤的《菩萨蛮》："舞裙香暖金泥凤，画梁语燕惊残梦。门外柳花飞，玉郎犹未归。　愁匀红粉泪，眉剪春山翠。何处是辽阳？锦屏春昼长。"虽然韵味各殊，但对这阕词和这一类词妄自贬低，则是不当的。这阕词和这一类词，正是由于其"浅俚"的美学趣味有别封建士大夫，才赢得远比唐五代词更多的读者，而出现在西夏也"凡有井水饮处，即能歌柳词"之盛况的。

（何均地）

夜半乐

冻云黯淡天气，扁舟一叶，乘兴离江渚。渡万壑千岩，越溪深处。怒涛渐息，樵风[①]乍起，更闻商旅相呼，片帆高举。泛画鹢、翩翩过南浦。　望中酒旆闪闪，一簇烟村，数行霜树。残日下、渔人鸣榔归去。败荷零落，衰柳掩映，岸边两两三三、浣纱游女。避行客、含羞笑相语。　　到此因念，绣阁轻抛，浪萍难驻。叹后约、丁宁竟何据！惨离怀、空恨岁晚归期阻。凝泪眼、杳杳神京路。断鸿声远长天暮。

〔注〕 ① 樵风：指顺风。《嘉泰会稽志》："会稽县：樵风泾，在县东南二十五里。旧经云：'汉郑弘少时采薪，得一遗箭，顷之，有人觅箭，问弘何所欲。弘识其神人也，答曰：尝患若耶溪载薪为难，愿朝南风，暮北风。后果然。世号樵风。'"

柳永词"工于羁旅行役"（陈振孙《直斋书录解题》卷二十一《乐章集》解题），"善于叙事"（刘熙载《艺概》卷四《词曲概》）。《夜半乐》之值得重视，正因为它体现了柳词的这一基本特色。

全词分为三叠。第一叠叙述舟行的经历；第二叠描写舟中的见闻，都是写景；第三叠发抒感慨，是写情。首叠中的"越溪"，特指会稽县南之若耶溪，非泛指越地的河流。"万壑千岩"出于《世说新语・任诞篇》。晋人顾恺之称赞会稽（今浙江绍兴）的山水："千岩竞秀，万壑争流。"可知此词是柳永浪迹浙江时的作品。

第一叠首句点明时令，交待出发时的天气。"冻云"句说明已届初冬，天公似在酿雪，显得天色黯淡。"扁舟"二句拍到自身，以"黯淡"的背景，反衬自己乘一叶扁舟驶离江渚时极高的兴致。"乘兴"二字是首叠的主眼，从"离江渚"开始，直到"过南浦"，词人一直保持着饱满的游兴。"渡万壑"二句，概括交待了很长的一段路程，给人以"轻舟已过万重山"的轻快感觉。如果再联想到"竞秀"、"争流"的山川美景，词人心情的愉悦是不难想见的。"怒涛"四句，写扁舟继续前行时的所见所闻。此时已从万壑千岩的深处出

【鉴赏】

来，到了比较热闹的开阔江面上，浪头渐小，吹起顺风，听见过往经商办事的船客彼此高兴地打招呼，船只高高地扯起了风帆。“片帆高举”是写实，也可想象出词人在顺风扬帆时独立船头、怡然自乐的情状。“泛画鹢”的“鹢”，是一种水鸟，古代常画鹢于船头，这里以“画鹢”代指舟船。“翩翩”，轻快的样子。“南浦”，南岸的水边。“翩翩”遥应“乘兴”，既写舟行的轻快，也是心情轻快的写照。

第二叠写见闻，时间是在“过南浦”以后，“残日下”逗出已届傍晚。地点从溪山深处转到了南浦以下的江村。词人乘兴扬帆翩翩而行，饶有兴味地观赏着展现在眼前的风光，故过片即以“望中”二字领起。“望中”三句写岸上，是远景：高挑的酒帘在风中闪动，烟霭朦胧中隐约可见有一处村落，其间点缀着几排霜树。“残日”句仍是远景，但转写江中：渔人用木棒敲击船舷的声音把词人的注意力吸引了过来，发现在残日映照的江面上，渔人在鸣榔归去。以下转为中近景。浅水滩头，芰荷零落；临水岸边，杨柳只剩下光秃秃的枝条；透过掩映的柳枝，看得见岸边一小群一小群浣纱归来的女子。“浣纱游女”是词人描写的重点，因而将镜头推近，工笔细描她们“避行客、含羞笑相语”的神情举止。本来，词人游目骋怀，漫不经心，只有登山临水的雅兴，而无羁旅行役的感慨。但眼前的三三两两浣纱游女，触动并唤醒了沉埋在心底的感情，使他想起了天各一方的亲人，一种失落感在心头油然升起。由触目而惊心，词人的感情汪洋中，瞬息之间掀起狂澜，从而自然地转入了抒发感慨的第三叠。唐代杜牧之有《南陵道中》绝句：“南陵水面漫悠悠，风紧云轻欲变秋。正是客心孤迥处，谁家红袖凭江楼？”写“物色相召，人谁获安”(《文心雕龙·物色》)的感情变化，与此词同一机杼，可以互相印证。

第三叠由景入情，过片“到此因念”，一语拍转。“此”字直承二叠末的写景，“念”字引出本叠的离愁别恨。“绣阁轻抛”，后悔当初轻率离家；“浪萍难驻”，慨叹今日浪迹他乡。将离家称为“抛”，更在“抛”前着一“轻”字，后悔之意溢于言表；自比浮萍，又在“萍”前安一“浪”字，对于眼下行踪不定的生活，不满之情见于字间。最使词人感到凄楚的，还不在于过去的“绣阁轻抛”与当前的“浪萍难驻”，而是后会难期。“叹后约”四句，便是从不同的角度抒写难以与亲人团聚的感慨。“叹后约”句从妻子方面想入：当年别离时分，妻子殷勤丁宁，约定归期，如今难以兑现。“惨离怀”二句从自身想入：上句着眼于时间，时至岁暮，但还不能回家，因而只能空自遗憾；下句着眼于空间，自己离妻子寄身的京城汴梁，路途遥远，不易到达，只得“凝泪眼”而长望。结语“断鸿”句，重又由情回到景上，将感慨寄托于客观景物的描写之中：词人望神京而不见，映入眼帘的，唯有空阔长天，苍茫暮色；听到的，只是离群的孤雁渐去渐远的叫声。这一景色，境界浑涵，所显示的氛围，与词人的感情十分合拍，而且还有着明显的象征性：日暮愁中的词人，不正像融入苍茫暮色的孤雁那样孤单而又凄然吗？末一句虽然与前两叠都作景语，但又有着明显的区别：前两叠，景中有情，着重表现的是赏心悦目的自然美色；“断鸿”句所写，则是情中之景，着重表现的是寄寓在景物中的主观感受。因而，前两叠足可供人赏心悦目，而读到末句，却不免会令人感到惨然了。

统观全篇，前两叠写景，感情悠游不迫，笔调舒徐从容，手法也有所变化，由叙述转为描绘；描叙内容也在递变，从自然现象转到社会人事：显得层次分明，铺排有序，足以见出柳词擅长铺叙的艺术特色。末叠抒情，感情汪洋恣肆，一发难收，笔调也变得急促起来：以“绣阁轻抛，浪萍难驻”的短促对句，抒写了悔当初、恨现在的感情；接着的几句，围绕着别易会难这一中心，作多角度的反复抒写；音韵上，从“叹后约”句开始，用韵转密，如促节繁弦，正好适应了哽咽语塞、一吐为快的抒情需要。前两叠的写景，为末叠的抒情铺垫；前两叠的徐缓，为末叠的急骤蓄势。一篇之中，两种色调，两副笔墨，相映成趣，相得益彰，成功地写出了从漫不经心到触目惊心的感情飞跃，自然而深入地表现了羁旅行役生涯的感情痛苦，在“铺叙委宛”（周济《介存斋论词杂著》）之中，又给人以一种“细密而妥溜”（刘熙载《艺概》卷四《词曲概》）的新鲜印象。

（陈志明）

望海潮

东南形胜，三吴都会，钱塘自古繁华。烟柳画桥，风帘翠幕，参差十万人家。云树绕堤沙。怒涛卷霜雪，天堑无涯。市列珠玑，户盈罗绮，竞豪奢。　　重湖叠巘清嘉。有三秋桂子，十里荷花。羌管弄晴，菱歌泛夜，嬉嬉钓叟莲娃。千骑拥高牙。乘醉听箫鼓，吟赏烟霞。异日图将好景，归去凤池夸。

在词史上，一般把柳永推为婉约派的正宗，有时与秦观合称“秦柳”，有时与周邦彦合称“周柳”，因为他“长于纤艳之词，然近俚俗”（《花庵词选》），“所作旖旎近情，使人易入”（《四库提要》）。就其大部分作品而言，固属如此，然亦有不同风格。在这首《望海潮》中，词人以大开大阖、直起直落的笔法，描写杭州的繁荣景象，仿佛在读者面前展开一幅宏伟壮丽的历史画卷。因此李之仪在论及词体发展时说他“铺叙展衍，备足无余，形容盛明，千载如同当日”（《跋吴师道小词》）。陈振孙也称其词“承平气象，形容曲尽”（《直斋书录解题》）。

词的上阕，一开头即以鸟瞰式镜头摄下杭州的全貌。它点出了杭州位

【鉴赏】

置的重要，历史的悠久，揭示出所咏主题。三吴，旧指吴兴、吴郡、会稽。钱塘，即杭州。清顾祖禹《读史方舆纪要》云："陈置钱塘郡，隋平陈，废郡置杭州。"此处称"三吴都会"，极言其为东南一带、三吴地区的重要都市，字字铿锵，力能镇纸。其中"形胜"、"繁华"四字，乃一篇之主脑。自"烟柳"以下，便从各个方面描写杭州之形胜与繁华。"烟柳画桥"，写街巷河桥的美丽；"风帘翠幕"，写居民住宅的雅致。风光旖旎，用笔妍倩。"参差十万人家"一句，以力挽千钧之势，转弱调为强音，表现出整个都市户口的蕃蔗。"参差"为大约之义。"云树"三句，又推开一层，由市内说到郊外。在钱塘江堤上，行行树木，远远望去，郁郁苍苍，犹如云雾一般。一个"绕"字，写出长堤迤逦曲折的态势。"怒涛"二句，写钱塘江水的澎湃与浩荡。"天堑"，原意为天然的深沟。《南史·孔范传》云："长江天堑，古来限隔……"极言长江形势之险要，这里移来形容钱塘江，亦十分妥帖。钱塘江八月观潮，历来称为盛举。早在唐代，李白就在《横江词》中写过："浙江八月何如此，涛似连山喷雪来。"宋初潘阆在《酒泉子》中也说："长忆观潮，满郭人争江上望。来疑沧海尽成空，万面鼓声中。"写杭州，钱塘江潮是必不可少的一笔。"市列"三句，只抓住"珠玑"和"罗绮"两个细节，便把市场的繁荣、市民的殷富反映出来。珠玑、罗绮，又皆妇女服用之物，并暗示杭城声色之盛。缀以"竞豪奢"一个短语，反映了市民(这里主要指富室)穷奢极侈的生活。

下阕前半段专咏西湖。西湖经唐代白居易的治理、五代吴越王的营建，至于宋初已十分秀丽。词从湖山胜概、四时风物、昼夜笙歌、湖中人物四个方面，描绘了它的美好风貌。重湖，是指西湖中的白堤将湖面分割成的里湖和外湖。叠巘，是指灵隐山、南屏山、慧日峰等重重叠叠的山岭。湖山之美，词人先用"清嘉"二字概括，接下去写山上的桂子，湖中的荷花。这两种花也是代表杭州的典型景物。白居易《忆江南》云："江南忆，最忆是杭州。山寺月中寻桂子，郡亭枕上看潮头。"杨万里《晚出净慈寺送林子方》诗

【鉴赏】

云:"毕竟西湖六月中,风光不与四时同。接天莲叶无穷碧,映日荷花别样红。"柳永这里则以工整的一联,描写了不同季节的两种花。据罗大经《鹤林玉露》卷十三云:"此词流播,金主亮闻歌,欣然有慕于'三秋桂子,十里荷花',遂起投鞭渡江之志。"说得虽有些夸张,但这两句确实写得高度凝练,它把西湖以至整个杭州最美的特征概括出来,具有歆动人心的艺术力量。"羌管弄晴,菱歌泛夜",对仗也很工稳,情韵亦自悠扬。"泛夜""弄晴",互文见义,说明不论白天或是夜晚,湖面上都荡漾着优美的笛曲和采菱歌声。着一"泛"字,表示那是在湖中的船上。"嬉嬉钓叟莲娃",可以看作对上文的补充,也就是说吹羌笛者是钓叟——渔翁,唱菱歌者为莲娃——采莲姑娘。"嬉嬉"二字,则将他们的欢乐神情,作了栩栩如生的描绘。

下阕后半段总结前文,归美郡守。相传"孙何帅钱塘,柳耆卿作《望海潮》词赠之"(见《鹤林玉露》卷十三)。《宋史·孙何传》谓真宗咸平中(约1000),孙何徙两浙转运使,至景德初(1004)代还。"何乐名教,勤接士类,后进之有词艺者,必为称扬"。孙何礼贤下士,爱好词艺,故柳永作《望海潮》以赠。为了博得孙何的称扬和延誉,他不得不在最后唱一点颂歌。然而笔致洒落,音调雄浑,仿佛令人看到一位威武而又风流的地方长官,饮酒赏乐,啸傲于山水之间。结尾二句:"异日图将好景,归去凤池夸。"凤池,即凤凰池,本是皇帝禁苑中的池沼。魏晋时中书省地近宫禁,因以为名。"好景"二字,将如上所写和不及写的,尽数包拢。意谓当孙何召还之日,合将好景画成图本,献与朝廷。然"归去凤池",实含入朝执政之意,则"好景"除湖山胜概、廛市繁华外,并当寓指其守杭良好政绩。以此语祝孙何他日任满报政于朝,擢登相位,可谓善颂善祷。

这首词不但画面美,音律也很美,在柳永词中别具神韵。《望海潮》词调始见于《乐章集》,当是柳永所创的新声。观其内容与声情,确似将钱塘观潮的感受谱入律吕。如果说他的"杨柳岸、晓风残月",合于十七八女郎手执红牙檀板浅斟低唱的话；那么这首词中的“怒涛卷霜雪，天堑无涯”，则非关西大汉弹起铜琵琶、敲起铁绰板引吭高歌不可。世人论宋词，说起豪放派作品，多推东坡的《念奴娇》（大江东去），即使上溯，也只及于范仲淹的《渔家傲》（塞下秋来风景异），殊不知柳永此词早于范作十多年，其写景之壮伟、声调之激越，与东坡亦相去不远。

柳永填词，很注意结构。这首词尽管以铺叙见长，但为了避免平铺直叙，他在发端及换头之处，都能用一、二句话勾勒提掇。如发端“东南形胜”，给人以警醒的印象；换头“重湖叠巘清嘉”，给人以别开生面的感觉。另外，他在写景时也能注意交叉用笔，如“烟柳画桥”三句与“市列珠玑”三句，本是表现市内繁华，完全可以连续写下去，但词人却在当中穿插“云树”三句写钱塘江景。这样便显得不沾滞，场景多变，密中有疏。即以写自然景色而言，也能注意穿插人物的活动。如下阕前半咏西湖，从桂子、荷花写到钓叟莲娃，这就避免了纯静止地摹写物态，使美丽的西湖，洋溢着生气，荡漾着欢乐，充满着和谐，形成美好的境界。这首词中还用了许多由数字组成的词组，如“三吴都会”、“十万人家”、“三秋桂子”、“十里荷花”、“千骑拥高牙”等等，或为实写，或为虚指，然均带有夸张的语气，这对于豪迈词风的形成，也是极有帮助的。

（徐培均）

玉蝴蝶

望处雨收云断，凭阑悄悄，目送秋光。晚景萧疏，堪动宋玉悲凉。水风轻、蘋花渐老，月露冷、梧叶飘黄。遣情伤。故人何在，烟水茫茫。　　难忘。文期酒会，几孤风月，屡变星霜。海阔山遥，未

【原文】

知何处是潇湘！念双燕、难凭远信，指暮天、空识归航。黯相望。断鸿声里，立尽斜阳。

柳永《玉蝴蝶》一词，风格与其《八声甘州》相近，它通过描绘萧疏、清幽的秋景，来抒写对朋友的思念之情。

起句以写景入题。“望处雨收云断”，是写即目所见之景，可以看出远处天边风云变幻的痕迹，使清秋之景，显得更加疏朗。“凭阑悄悄”四字，写出了独自倚阑远望时的忧思。这种情怀，又落脚到“目送秋光”上。“悄悄”，忧愁的样子。《诗·邶风·柏舟》：“忧心悄悄。”后来辛弃疾《踏莎行》词云：“吾道悠悠，忧心悄悄，最无聊处秋光到”，写的也是同样的意思。面对向晚黄昏的萧疏秋景，很自然地会引起悲秋的感慨，想起千古悲秋之祖的诗人宋玉来。“晚景萧疏，堪动宋玉悲凉”，紧接上文，概括了这种感受。宋玉《九辩》中的“悲哉！秋之为气也，萧瑟兮，草木摇落而变衰”，“坎廪兮，贫士失职而志不平；廓落兮，羁旅而无友生”的悲秋情怀和身世感慨，这时都涌向柳永的心头，引起他的共鸣。他将万千的思绪按捺住，将视线由远及近，选取了最能表现秋天景物特征的东西，作精细的描写。“水风轻、蘋花渐老，月露冷、梧叶飘黄”两句，用特写镜头，摄取了一幅很有诗意的画面：秋风轻轻地吹拂着水面，白蘋花渐渐老了，秋天月寒露冷的时节，梧桐叶变黄了，正在一叶叶地轻轻飘下。萧疏衰飒的秋夜，自然使人产生凄清沉寂之感。“轻”、“冷”二字，正写出了清秋季节的这种感受。“蘋花渐老”，既是写眼前所见景物，也寄寓着词人寄迹江湖、华发渐增的感慨。“梧叶飘黄”的“黄”字用得好，突出了梧叶飘落的形象。“飘”者有声，“黄”者有色，“飘黄”二字，写得有声有色，有动有静。“黄”字渲染了气氛，点缀了秋景。作者对千品万汇的秋景，只捕捉了最典型的水风、蘋花、月露、梧叶，用

"轻"、"老"、"冷"、"黄"四字烘托，交织成一幅冷清孤寂的秋光景物图，为抒写怀远之情作了充分的铺垫。"遣情伤"一句，由上文的景物描写中来，由景及情，在词中是一转折。大凡人在寂寞伤心的时候，最容易勾起对良朋挚友的怀念，似乎可以从朋友那里得到慰藉。故在景物描写之后，不期然而然地引出"故人何在，烟水茫茫"两句，既承上启下，又统摄全篇，为全首的主旨。"烟水茫茫"是迷蒙而不可尽见的景色，阔大而浑厚，同时也是因思念故人而产生的茫茫然的感情，在这里情与景是交织在一起的。

下片换头，插入回忆，写怀念故人之情，波澜起伏，错落有致。词人回忆起与朋友在一起时的"文期酒会"，那赏心乐事，至今难忘。以"文期酒会"之乐，来映衬长期分离之苦，使分离之苦倍增。分离之后，已经物换星移、秋光几度，不知有多少良辰美景因无心观赏而白白地过去了。言"几孤"，言"屡变"，旨在加强别后的怅惘。"海阔山遥"句，又从回忆转到眼前的思念。"潇湘"在这里指友人所在之地，因不知故人何在，故云"未知何处是潇湘"，暗用梁柳恽《江南曲》"洞庭有归客，潇湘逢故人"诗意。"念双燕、难凭远信，指暮天、空识归航"，写不能与思念中人相见而产生的无可奈何的心情。眼前双双飞去的燕子是不能向故人传递消息的，以寓与友人欲通音讯，无人可托。盼友人归来，却又一次次的落空，故云"指暮天、空识归航"。这句词，远师谢朓诗"天际识归舟，云中辨江树"（《之宣城郡出新林浦向板桥》），近师温庭筠《梦江南》词："梳洗罢，独倚望江楼。过尽千帆皆不是，斜晖脉脉水悠悠，肠断白蘋州。"柳词借用谢朓的诗句，化用温词的意境，构造出新的形象，把思念友人的深沉、诚挚的感情表现得娓娓入情。看到天际的归舟，疑是故人归来，但到头来却是一场误会，归舟只是空惹相思，好像在嘲弄自己的痴情。一个"空"字，把急盼友人归来的心情写活了。它把思念友人之情推向了高潮和顶点。

收尾三句，以景结情。词人用断鸿的哀鸣，来衬托自己的孤独怅惘，可谓妙合无垠，声情凄婉。“立尽斜阳”四字，画出了抒情主人公的形象。他久久地伫立在夕阳残照之中，如呆如痴，感情完全沉浸在回忆与思念之中。一个“尽”字，道出了伫立凝望之久，言有尽而意无穷。

柳永这首词，很善于化用前人诗词，用人若己，不露痕迹。他不用僻典，不用冷字，虽明白如说家常，但并不浅俗。他在修辞上既不雕琢，又不轻率，而是俗中有雅，平中见奇，隽永有味，故能雅俗共赏。《蕙风词话》说："盖写景与言情，非二事也。善言情者，但写景而情在其中，此等境界，惟北宋词人往往有之。"《玉蝴蝶》就是“但写景而情在其中”的艺术标本，它在情景交融方面，的确达到了很高的境界。

（刘文忠）

满江红

暮雨初收，长川静，征帆夜落。临岛屿，蓼烟疏淡，苇风萧索。几许渔人飞短艇，尽载灯火归村落。遣行客、当此念回程，伤漂泊。　　桐江好，烟漠漠。波似染，山如削。绕严陵滩畔，鹭飞鱼跃。游宦区区成底事？平生况有云泉约。归去来，一曲仲宣吟，从军乐。

此词为因游宦泊船桐江作，抒写了作者厌倦仕途、渴望归隐的思想感情。

孤身行役，本来使人感到寂寞，天将暮时，又下起雨来了。暮雨初收，夜幕降临，泊船江边，江水是那样澄静，对面岛屿上，水蓼疏淡如烟，阵阵苇风，带来凉意。从下片换头，知“长川”即桐江，在今浙江中部，是钱塘江自建德县梅城至桐庐一段的别称。水蓼和芦苇都于秋天繁盛开花，可见时间是在萧瑟的秋天；雨后的秋夜，更使人感到清冷。“萧索”是风吹芦苇之声。开头六句写傍晚泊船情景，突出一个“静”字，时间、地点、景物，都显得无比凄清，烘托着作者无限凄凉的心情。

天更加黑下来，渔人们驾着小舟，匆匆回到村落中去；那舟上的点点灯火，闪耀在夜空里，映照在江水中，在黑暗中向前飞行。“几许”犹云多少。黑暗中，一切都看不见，惟见灯火闪烁，才知道这是渔舟，“尽载灯火”四字，极得渔舟夜归之神理。这两句在景、情两个方面，都同上面形成对比。上面写静景，这里却是动景；但这里的动，却更加反衬出整个环境的静寂，因为在静寂黑暗中，飞动的灯火才显得特别鲜明。渔人带着一天的劳动果实回到家中，心情是喜悦的，“飞短艇”的“飞”字，就表现出他们的喜悦心情，这又更加反衬出在外漂泊的作者的孤独和凄苦，从而自然引出过拍三句。“回程”指由原路回去。渔人的家庭生活的欢乐，使作者更加感到自己的漂泊之苦，渴望结束这种羁旅行役生活，回去享受家庭生活的乐趣。

下片是回叙白天旅途所见和由此而生的感慨。桐江风景绝佳，南朝梁吴均《与宋元思书》，就对它作过生动的描绘：“风烟俱净，天山共色，从流飘荡，任意东西。自富阳至桐庐，一百许里，奇山异水，天下独绝。水皆缥碧，千丈见底……夹岸高山，皆生寒树，负势竞上，互相轩邈，争高直指，千百成峰。”换头四句，从烟、波、山着笔，语简意丰，最是传神，清人周济称柳词“或发端，或结尾，或换头，以一二语勾勒提掇，有千钧之力”（《宋四家词选》），此可当之。“严陵滩”即严陵濑，在桐庐县南，是东汉严光隐居时钓鱼的地方。“鹭飞鱼跃”，亦在写江上环境之清幽和生物的自适情趣，从而引发作者对于游宦生活的厌倦情绪。“区区”有跋涉辛苦之义，“成底事”就是一事无成。游宦生涯既是如此，自然便兴起归隐于云山泉石之间的意念，况是

【鉴赏】

早有此愿。看到这桐江的美丽景色，缅怀古代的严光，这种想法变得更加强烈，所以末尾即以渴望归隐的感叹作结。晋代诗人陶渊明辞官回家后写的《归去来兮辞》，开头三句是："归去来兮，田园将芜，胡不归！"柳词"归去来"即用此语，"来"是语助词，加强感叹的语气，无义。东汉末诗人王粲，字仲宣。建安二十年(215)三月曹操西征张鲁，王粲随军出征，写了《从军行五首》纪其事，其第一首首句为"从军有苦乐"，诗中写到军士行役的辛苦和对故乡的怀念，有"征夫怀亲戚，谁能无恋情？拊襟倚舟樯，眷眷思邺城"(第二首)，"征夫心多怀，恻怆令吾悲"(第三首)等句。柳词"从军乐"，即指此诗，因为平仄要求，故改"行"为"乐"，用以代指作者对漂泊生活的怨恨和怀乡思归心情。柳永一生，政治上极不得意，只做过余杭县令、盐场大使、屯田员外郎一类小官，死后由别人出钱埋葬，景况极为凄凉。在这"归去来"的悲叹声中，实在饱含着无限辛酸。

柳永是最善于写羁旅行役的词人。近人夏敬观称柳永雅词"层层铺叙，情景兼融，一笔到底，始终不懈"(龙榆生《唐宋名家词选》引《手评乐章集》)。此词从泊舟写到当时的心情，然后从回叙日间江行情状写到今后的打算，脉络清楚而又富有变化，通篇充满强烈的抒情气氛。此外，对比的运用也是此词的一个突出特点。除了上面提到的上片前后的对比之外，下片所写桐江的迷人景色同上片的清冷萧瑟之景，也是强烈的对比。这些对比都直书所见，非常真实自然，并且都起到了烘托作者思想感情的作用，使全词在凄凉的基调上，爆出了几点喜悦的火花，在声调上也有了缓急低昂的变化，读来更加委婉曲折，荡气回肠，撼人心扉。宋释文莹《湘山野录》云："范文正公(范仲淹)谪睦州(治所在今浙江建德)，过严陵祠下。会吴俗岁祀，里巫迎神，但歌《满江红》(下面所引歌词即此词)。"可见人们对此词的喜爱。

(王思宇)

【原文】

引驾行

红尘紫陌，斜阳暮草长安道，是离人。断魂处，迢迢匹马西征。新晴。韶光明媚，轻烟淡薄和气暖，望花村。路隐映，摇鞭时过长亭。愁生。伤凤城仙子，别来千里重行行。又记得、临歧泪眼，湿莲脸盈盈。　　消凝。花朝月夕，最苦冷落银屏。想媚容、耿耿无眠，屈指已算回程。相萦。空万般思忆，争如归去睹倾城。向绣帏、深处并枕，说如此牵情。

这首词历来断句多误。近代学者，有的以为开头二十五字为他词残文（朱祖谋《乐章集》校记引夏敬观语），有的避而不录，勿论其调（林大椿《词式》）。吴世昌曾纠其谬，谓万树《词律》断句，其误者八。

这首词也是柳永创制长词慢调的一个范例。作者以铺叙手法言情，于平叙之中，注重层折变化，从不同角度、不同方位，充分展现抒情主人公的内心世界。上片说主人公在旅途中想念"凤城仙子"，事情本来很简单，作者却极尽铺叙之能事，先以一组排句对旅途中的客观物景，大肆进行铺写涂抹。这组排句，一边说场所，一边说气候，均以一个三字句托上两个四字对句，着意加以渲染。"红尘紫陌，斜阳暮草"，描绘当时的长安道；"韶光明媚，轻烟淡薄"，描绘当时的天气。然后，人物登场，"迢迢匹马西征"、"摇鞭时过长亭"，谓主人公正在旅行，一句话分成两句说，尽量将场景拉开。其间，"离人"、"匹马"、"断魂"、"迢迢"，都带感情色彩，让人觉得主人公的这次旅行，并不那么愉快，而与韶光明媚、轻烟淡薄的大好时光相对照，则更加烘托出这次不愉快的旅行，是多么使人难堪，令人生愁。于是，经过这番

【鉴赏】

铺陈，很自然地转入对于“凤城仙子”的思忆。“别来千里重行行”，在漫长的旅行途中，有万千情事可以思忆，但令人难忘的还是即将踏上征途的那一时刻：执手相看，泪湿莲脸，水盈盈的双眼，永远印在脑际。这是上片的内容。开头一组排句与以下的思忆，其布局，犹如长调中的双拽头，写的是现在的景况，铺叙中穿插回忆，已将主人公旅途中的愁思表现得淋漓尽致。上片所写，是眼前的实景实情，下片则转换角度，述说对方的相思苦情，并且进一步设想将来相见的情景。主人公设想，离别之后，每逢花朝月夕，她必定分外感到冷落，她夜夜无眠，说不定已经算好了我回归的日程。对方的相思苦情，这是想象中的事，但写得十分逼真。“想媚容、耿耿无眠，屈指已算回程”。这时候，仿佛她就在自己的眼前。接着，主人公转而想到，这千万般的思忆，不管是我想念她，还是她想念我，全都是空的，怎比得上及早返回，与她相见，那才是实在的。“争”，同“怎”。那时候，“向绣帏、深处并枕，说如此牵情”。我将向她并头细细述说，离别之后，我是如何如何地思念着她。这是下片的内容。换头用“消凝”一短句过渡，由使人生愁的现实转入令人销魂的幻想。在幻想中，作者既描绘了她的相思苦情，又写出彼此述说相思的情景。对照上片在旅途中叙说相思，显得更加深切而生动。上下两片合在一起看，作者所描绘的这幅羁旅行役图，有时间推移的层次，又有场景变换的层次，因而也就增强了立体感。

全词说相思，由匹马西征，想到耿耿无眠，想到并枕细说，这种表现手法，就是“从现在设想将来谈到现在”的手法，是从李商隐《夜雨寄北》诗学来的(吴世昌先生语，见《词学导论》)。柳永《乐章集》中，有不少长调都是采用这一手法铺叙言情，似有点千篇一律，但是，也正因为有了柳永的反复实践，才逐渐形成一定的程式，为当时及后世词作者创制长词慢调，打开无数法门。这是柳永对于词的发展所作的一种贡献。

(施议对)

【原文】

八声甘州

对潇潇暮雨洒江天，一番洗清秋。渐霜风凄紧，关河冷落，残照当楼。是处红衰翠减，苒苒物华休。惟有长江水，无语东流。

不忍登高临远，望故乡渺邈，归思难收。叹年来踪迹，何事苦淹留？想佳人妆楼颙望，误几回、天际识归舟。争知我，倚阑干处，正恁凝愁！

柳耆卿在世时，不为人重，但因擅长填词，却深受歌妓们的欢迎和赏识，一生潦倒，死后也是只有歌儿笛工们怀念不忘，逢时设祭。这种文士，旧时讥为“无行”，但是他并不像那些正统士大夫们所估计的那般微不足道，他写下的几篇名阕，境界高绝，成为词史上的丰碑，是第一流作品，千古传颂。这篇《八声甘州》，早被苏东坡巨眼识，说其间佳句“不减唐人高处”。须知这样的赞语，是极高的评价，东坡不曾轻易以此许人的。

吟赏此词，全要着眼于开端，看他是何等气韵，笼罩一切。一个“对”字，已写出登临纵目、望极天涯的境界。尔时，天色已晚，暮雨潇潇，洒遍江天，千里无际。时节既入素秋，本已气肃天清，明净如水，却又加此一番秋雨，更是纤埃微雾，尽皆浣尽，一澄如洗。上来二句一韵，已有“雨”字，有“洒”字，有“洗”字，三个上声，但一循声高诵，已觉振爽异常！素秋清矣，再加净洗，清至极处——而此中多少凄冷之感亦暗暗生焉。仅此开头二句，便令人吟味无尽。

其下紧接一个“渐”字，领起四言三句十二字，——便是东坡叹为不减唐人高处的名句，而一篇之警策，端在于此。

【鉴赏】

“渐”者何也？并非是说词人此刻登高而望，为时甚久，故为“渐”也，云云。如此领会，未得词意。须知他是承上句而言，当此清秋复经雨涤，于是时光景物，遂又生一番变化——如此方是“渐”之神态。秋已更深，雨洗暮空，乃觉凉风忽至，其气凄然而遒劲，直令衣单之游子，有不可禁当之势。一“紧”字，又用上声，气氛声韵，加倍峻肃。宋玉曾云：悲哉秋之为气也！至耆卿此词，乃尽得其意。

当此之际，举目关河，寥廓迤逦，气势磅礴，然而春夏滋荣盛茂之气已尽，秋来肃杀凋零之气已浓，草木不芳，一片冷落之景象。于此，再下一“冷”字上声，层层逼紧。而“凄紧”、“冷落”，又皆双声叠响，一经词人运用，其艺术效果，感染力量，已达极高的境地。

然而，还有一句在后，曰：“残照当楼。”

上来“一番”二字，早已伏下秋雨晚晴的意思见于言外了。至此便出“残照”，并不突然。但此句之精彩，不在残照，端在“当楼”。夫著雨也，霜风也，江天也，关河也，落照也，尤往而非至广至大之景域。若此寥廓乾坤，苍茫世界，何以包容？能否集聚？曰：能。词人只将“残照”(原来也是遍满江天的宏观)轻轻一笔转到了他所登临送目的高楼上来。如此一笔，不但“残照”集中于一个“焦点”，而仿佛整个江天、关河，冷雨，金风，统统集中于“当楼”一点，换言之，此际词人乃觉遍宇宙间悲哉之秋气，似乎一齐袭来，要他一人禁当！他以此种高极超绝的俊笔，一口气，几句话，便将难以形容、不可为怀的羁愁暮景，写到至矣尽矣的地步！试思东坡对此高度评价，岂无故哉？

再下则笔致思绪，便由苍莽悲壮，而转入细致沉思：盖以上所观所写，总是高处远处之物色，自此而后，由仰观而转至俯察，乃又见处处皆是一片凋落之景象。“红衰翠减”，乃用玉豁诗人之语，倍觉风流蕴藉，——其下自加“苒苒”五字，真是好极！“苒苒”，正与“渐”字相为呼应，益信前文拙解不误。一“休”字，岂是趁韵漫书？要体会此字实具千钧之力！其中寓有无穷的感慨愁恨。

再下，又补唯有江水东流，虽未必即与东坡《赤壁赋》所写短暂与永恒、变改与不变之间的这种直令千古词人思索的宇宙人生哲理全同，但也可见柳耆卿亦非只知留恋光景的浅薄之辈。在词而论，又不可忽略了“无语”二字。着此二字，方觉十倍深沉，百端交集。

过片开端，回笔点明全笔的“背景”是登高临远；虽已登临，偏云“不忍”，多一番曲折、多一番情致。然下阕妙处，全在摹拟“对想”：本是词人自家登楼，极目天际，却偏想故园之闺中人，应也是登楼望远，伫盼游子之归来！然而我能想见你在凭高而等候归舟，你却无由想象我在何处——登舟无计，只自淹留！又是几层曲折！其情至而感深，学人须向此等处寻味，方知词笔之妙，——不止是笔巧，要紧是味厚。

以“倚阑干处，正恁凝愁”一收，也是于最末幅点出全篇题目。倚阑干，与“对”，与“当楼”，与“登高临远”，与“望”，与“叹”，与“想”，皆息息相关，笔笔辉映。故柳郎词笔貌似疏朗，实则绵密。一腔心事，唱叹无端，笔若连环，岂粗俗之流所及而至哉。

“归思”，思去声，名词。“争”，其义为“怎生”，因律当平声，只能用“争”。今之人往往不明，宜为拈出。“天际识归舟，云中辨烟树”，乃是谢朓名句，词人加“误几回”而用之，尤见匠心独运。

（周汝昌）

竹马子

登孤垒荒凉，危亭旷望，静临烟渚。对雌霓挂雨，雄风拂槛，微收

【原文】

烦暑。渐觉一叶惊秋，残蝉噪晚，素商时序。览景想前欢，指神京，非雾非烟深处。　　向此成追感，新愁易积，故人难聚。凭高尽日凝伫。赢得消魂无语。极目霁霭霏微，暝鸦零乱，萧索江城暮。南楼画角，又送残阳去。

柳永除写大量俗词之外，也写有一部分较雅致的词。苏轼说："世言柳耆卿曲俗，非也。如《八声甘州》云'霜风凄紧，关河冷落，残照当楼'，此语于诗句不减唐人高处。"（宋赵令畤《侯鲭录》引）这是就其雅词而言的。《竹马子》也属柳永的雅词，而且也达到了"唐人高处"的境界。

这首词虽然是词人漫游江南时抒写离情别绪之作，而所表现的景象却是雄浑苍凉的，其情绪是极其沉郁的。词人所登临旷望之地是古时战争留下的残壁废垒，而且仅是一点孤垒遗迹，给人以荒凉之感。作者并未由此引出怀古的幽情，却是将它与酷暑新凉交替之际的特异景象联系起来，抒写了壮士悲秋的感慨。"雌霓"是虹的一种，邢昺《尔雅疏》引郭璞《音义》云："虹双出，色鲜盛者为雄，雄曰虹；暗者为雌，雌曰蜺（霓）"。"雄风"是清凉劲健之风，宋玉《风赋》云："故其清凉雄风，则飘举升降，乘凌高城，入于深宫。"这两个词语都是雅致和考究的，表现了夏秋之交雨后的特有现象。在孤垒危亭之上，江边烟渚之侧，对这时序变换更加能够感到。孤垒、烟渚、雌霓、雄风，这一组意象构成了雄浑苍凉的艺术意境，可以说真有几分"唐人高处"了。词意的发展以"渐觉"两字略作一顿，以"一叶惊秋，残蝉噪晚"进一步点明时序。《礼记·月令》："孟秋之月，其音商。"故"素商"即秋令。柳永很多词里的悲秋情绪都侧重向伤离意绪发展，这与其特殊的生活经历有密切的关系，因此他又是"览景想前欢"了。可是往事已如过眼烟云，帝都汴京杳远难以重到。上阕的结句已开始从写景向抒情过渡，下阕便紧接而写"想前欢"的心情。柳永不像在其他词里将"想前欢"写得具体形象,甚至近于狎亵,而是仅写出目前思念时的痛苦情绪。"新愁易积,故人难聚",是新警之语,很具情感表达的深度。离别之后,旧情难忘,因离别更添加新愁;又因难聚难忘,新愁愈加容易堆积,以致使人无法排遣。"尽日凝伫"、"消魂无语"形象地表现了无法排遣离愁的精神状态,也充分流露出对故人的诚挚而深刻的思念。这种情绪发挥到极致之时,作者巧妙地以黄昏的霁霭、归鸦、角声、残阳的萧索景象来衬托和强化悲苦的离情别绪。

作者在词中对景与情的处理表现出高超的艺术才能。上阕写景善于抓住物候时序的变化,描绘了特定时节和环境中的景色,为全词造成抒情的氛围,与抒情主人公的心境十分协调。下阕写景突出日暮景色,与前者的"一叶惊秋,残蝉噪晚"遥相呼应,直接渲染了伤离意绪,起到了以景结情的作用。霏微的暮霭、零乱的暝鸦、悲咽的画角是客观的景物,它们所具的萧索悲苦情调正与抒情主人公销魂痛苦的精神状态相适应,因而在写景中达到了情景交融的地步。词的抒情成分是安排在上下阕之间,使上下衔接紧密。从景到情,是由景生情的;从情到景,是融情入景的;因而转换之处自然妥帖。词的整体结构方面,以景起而又以景结,完满严密;其中景与情的穿插又使结构富于变化。此词雅致含蓄,结构精谨,是柳永慢词长调的佳作之一。

(谢桃坊)

迷神引

一叶扁舟轻帆卷。暂泊楚江南岸。孤城暮角,引胡笳怨。水茫茫,平沙雁,旋惊散。烟敛寒林簇,画屏展。天际遥山小,黛眉

【原文】

浅。 旧赏轻抛，到此成游宦。觉客程劳，年光晚。异乡风物，忍萧索、当愁眼。帝城赊，秦楼阻，旅魂乱。芳草连空阔，残照满。佳人无消息，断云远。

柳永屡次下第，经过艰难曲折，终于在仁宗景祐元年（1034）考中进士，旋即踏入仕途。这时词人五十岁了。他入仕之后长期担任地方州郡的掾吏、判官等职，久困选调，辗转宦游各地，很不得志。这首《迷神引》便是他入仕后所写的羁旅行役之词。

楚江是泛指楚地某处之江，柳永宦游经此。舟人将风帆收卷，靠近江岸，作好停泊准备。"暂泊"表示天色将晚，暂且止宿，明朝又将继续舟行。前人说柳永"尤工羁旅行役之词"，从此词起两句来看，果然词人起笔便抓住了"帆卷"、"暂泊"的舟行特点，而且约略透露了旅途的劳顿。显然，他对这种羁旅生活是很有体验的。继而作者以铺叙的方法对楚江暮景作了富于特征的描写，产生画面似的效果，给人以如临其境之感。傍晚的角声和笳声本已悲咽，又是从孤城响起，这只能勾惹羁旅之人凄黯的情绪，使之愈感旅途的寂寞了。画角与胡笳声音的愁怨情调起着笼罩全词气氛的作用，因而茫茫江水，平沙惊雁，漠漠寒林，淡淡远山，它们虽然构成天然优美的屏画；却增强了游子愁怨和寂寞之感。作者对景色只作层层白描，用形象来表达自己的感受，不再加以说明，给读者留下更多想象的余地。

词的上阕写景，下阕抒情，在艺术结构上属通常写法。下阕起两句直接抒发宦游生涯的感慨，以下便将这种感慨作层层铺叙。旅途劳顿，岁月易逝，年事衰迟，这一层是写行役之苦；异乡风物，显得特别萧索，这一层是写旅途的愁闷心情；帝都遥远，秦楼阻隔，前欢难继，意乱神迷，这一层是写伤怀念远的情绪。这些与都城的赏心乐事，真不可同日而语。词人深感顾此失彼，“旧赏”与“游宦”难于两全，为了“游宦”而不得不“旧赏轻抛”。“帝城”指北宋都城汴京，“秦楼”借指歌楼。它们与词人青年时代困居京华、流连坊曲的浪漫生活有关。按宋代官制，初等地方职官要想转为京官是相当困难的。柳永这时要想回到京都颇感不易，因而在他看来，帝城是遥远难至的。宋代的士子和未入朝籍的幕职官可以到民间歌楼舞榭等地游乐玩赏，但不许朝廷命官到此种地方与歌妓往来，否则会受到同僚的弹劾。所以柳永自入仕以来，便与歌妓及旧日生活断绝了关系。词的结尾数句是对“帝城赊，秦楼阻”意思的补充和发挥。“芳草连空阔，残照满”是实景，又形象地暗示了赊远阻隔之意；在抒情中这样突然插入景语，使下阕的叙写富于变化而生动多姿。结句“佳人无消息，断云远”，词情达到高潮，戛然而止。这句补足了“秦楼阻”之意。“佳人”即“秦楼”中的人，因阻隔或因社会地位的悬殊而与她断绝了消息，旧情像一片断云飘忽而去了。

柳永一生的思想经常处于矛盾状态。他青年时代为获取功名而到京都，在京都深受都市生活的习染和新兴市民思潮的影响，多次下第之后便说了些鄙视功名利禄的偏激的话，但后来还是经科举考试而入仕途；入仕之后又难以舍弃旧日的浪漫生活，虽然为环境所逼而不得不改变原有生活方式，但对旧情仍是念念难忘的。我们在他后期词作中常常见到对仕途的厌倦情绪和对早年生活的向往，内心十分矛盾痛苦。这首《迷神引》较深刻地表现了作者游宦生活的矛盾心理，间接反映了封建社会里知识分子的苦闷和不满现实的情绪。此词在艺术表现方面是很有特色的。上下两阕将写景与抒情截然分开，似不相联，而又有由景生情的内在关系。上阕的“暂泊”，下阕的“游宦”，都点出每阕的主意，继之展开铺叙描写。两结因前有提示而不再作收束，富于形象，有似结非结之感。这样使全词在大肆铺叙之后又具有意境含蓄的韵味。我们从作者明晰简捷的艺术布局中，可见到

【原文】

其娴熟的艺术技巧。

（谢桃坊）

木兰花慢

拆桐花烂漫，乍疏雨、洗清明。正艳杏烧林，缃桃绣野，芳景如屏。倾城，尽寻胜去，骤雕鞍绀幰出郊垧。风暖繁弦脆管，万家竞奏新声。　　盈盈，斗草踏青。人艳冶，递逢迎。向路旁往往，遗簪堕珥，珠翠纵横。欢情，对佳丽地，信金罍罄竭玉山倾。拚却明朝永日，画堂一枕春酲。

北宋建立以来经过五十多年的休养生息、发展生产，到了十二世纪之初即真宗与仁宗年间，经济与文化已呈现繁荣兴盛的局面，是两宋社会的"盛明"之世。词人柳永正是这个时代的歌手。他以写实的方法较客观而真实地在作品里反映了这个时代都市的繁华富庶的生活。可贵的是，作者并未站在统治阶级的立场去歌颂皇恩或以个人虚荣的生活来炫耀富贵气象，而是从平民的真实感受出发，为我们描绘了一幅幅北宋都市的社会风情画卷。这首《木兰花慢》便是这类作品中很有代表意义的。它以描绘清明的节日风光，侧面地再现了社会升平时期的繁盛场面。我国传统的民俗很重视清明节。这时正风和日暖，百花盛开，芳草芊绵，人们习惯到郊野去扫墓、踏青，作一次愉快的春游。宋人对春季的这个节日也非常重视，不仅柳永选取为词作的题材，以后的张择端又以之绘制了宏伟的风俗画图，孟元老的《东京梦华录》里也有较为详尽的记述。它们都是以北宋都城东京

【鉴赏】

郊外为写作背景，重现了“汴京盛时伟观”，以致在南宋时曾常常激起汉族人民的爱国主义情感。

柳词在东京郊野的背景上，描写了都市人士清明游乐的真实情景。词首先描述清明时城郊艳丽优美的春日景色。起笔便异常简洁地点明了时令。南宋词学家沈义父以为此词的起笔很值得效法，“第一句不用空头字在上，故用‘拆’字，言开了桐花烂漫也。”（《乐府指迷》）紫桐即油桐树，很有经济价值，农民大量植于陌头空地，三月初应信风而开紫白色花朵，因先花后叶，故繁茂满枝，最能标志郊野清明的到来。谚语谓“清明要明”，经过夜来或将晓的一阵疏雨，郊野显得特别晴明清新，确实应了节候。作者选择了“艳杏”和“缃桃”等富于艳丽色彩的景物，使用了“烧”和“绣”具有雕饰工巧的动词，以突出春意最浓时景色的鲜妍有似画屏之美。词以下进入游春活动的描述。作者善于从宏观来把握整体的游春场面，又能捕捉到一些典型的具象。“倾城，尽寻胜去”是对春游盛况作总的勾勒，使词意的发展脉络十分清楚。人们带着早已准备好的熟食品，男骑宝马，女坐香车，到郊外去领略大自然的景象，充分享受春天的欢乐。雕鞍代指马，“绀幰”即天青色的车幔，代指车。上阕结两句，以万家之管弦新声大大地渲染了节日的气氛，预示着词情向欢乐的高潮发展。我们从《清明上河图》可见到汴京城郊也有酒肆歌楼，更有许多高宅深院，据宋人所记，这些地方确有竞奏新声的情形，当然柳永笔下略有夸张。

词的下阕着重表现郊游的欢乐。柳永这位风流才子往往将注意力集中于艳冶妖娆、珠翠满头的市井时髦妇女和歌妓们。在这富于浪漫情调的春天郊野，她们的欢快与放浪，在作者看来是为节日增添了浓郁的趣味和色彩，而事实上也如此。“盈盈”以女性的轻盈体态指代妇女，这里兼指众多的妇女。她们占芳寻胜，玩着传统的斗草游戏。关于这种游戏的具体记述，可参见后来的古典小说《红楼梦》第二十六回：少女们“大家采了些花草

【鉴赏】

来篼着，坐在花草堆中斗草”，盖以新奇者取胜。踏青中最活跃的还是那些歌妓舞女们。她们艳冶出众，频频与人们招呼交往。如《东京梦华录》所说：“四野如市，往往就芳树下，或园囿之间，罗列杯盘，互相劝酬。都城之歌儿舞女遍满园亭，抵暮而归。”柳词正是表现类似这样纵情欢乐场面。作者以“向路旁往往，遗簪堕珥，珠翠纵横”，衬出当日游人之众，排场之盛。《新唐书·杨贵妃传》记载，杨氏昆仲姊妹五家合队从玄宗游华清宫，“遗钿堕舄，瑟瑟玑琲，狼藉于道”。柳词用笔仿此，同时也暗示这些游乐人群的主体是豪贵之家。这是全词欢乐情景的高潮。继而词笔变化，作者继以肯定的语气，设想欢乐的人们，在佳丽之地饮尽樽里的美酒，陶然大醉，有如玉山之倾倒。“罍”为古代酒器，即大酒樽；“玉山倾”出自《世说新语·容止》，谓嵇康“其醉也，傀俄若玉山之将倾”。这两个词语较为典雅一些。词的结尾，进一步想象：“这些欢乐的人们定是拼着明日醉卧画堂，今朝则非尽醉不休。”下阕后半的虚写使全词在结构上产生一些变化，不致因过多的实写而显得板滞；同时又巧妙地表示了一天欢游的结束，有头有尾。

柳永所描绘的清明节欢乐场面是热闹的，只有在升平富庶的时代才可能出现。作者虽有不如意之时，但却在这首词里由衷地通过对人们欢乐的描述表现出社会的升平气象，从而赞美了他的时代。词里虽用了少数典雅的词字，但从整篇的语言和表现形式来看仍是较为通俗的，因此能在两宋社会上广泛地为人们传唱。这种节序题材是很难处理的，尤其是从宏观角度表现整个节日的欢乐场面而不渗入个人的感伤情绪就更难了。宋末词家张炎谈到节序词的写作时说：“昔人咏节序，不惟不多，付之歌喉者类是率俗，不过为应时纳祜之声耳。所谓清明‘拆桐花烂漫’……若律以词家调度，则皆未然。”(《词源》卷下)显然他对这首南宋时民间还传唱的柳永清明词，以为它率俗而有鄙薄之意。他最后也不得不承认像周邦彦赋元夕的《解语花》、史达祖赋立春的《东风第一枝》等，虽然措辞典雅精粹，可惜“绝无歌者”，民间喜爱唱的仍是柳永这类俗词。由此足见柳永的清明词是有社会基础和艺术生命的。

（谢桃坊）

忆帝京

薄衾小枕凉天气，乍觉别离滋味。展转数寒更，起了还重睡。毕竟不成眠，一夜长如岁。　　也拟待、却回征辔；又争奈、已成行计。万种思量，多方开解，只恁寂寞厌厌地。系我一生心，负你千行泪。

刘熙载《艺概》论柳词有云：“细密而妥溜，明白而家常。”《忆帝京》就是具有这种特色的一首词。

柳永写有不少与歌伎舞女别后相思的词，大多是表现女方的恋情，而这首词却是从男方立意的。

时间由夏季转入了初秋，天气逐渐凉了。“薄衾”，是由于天气虽凉却还没有冷；从“小枕”看，词中人此时还拥衾独卧，于是引起相思之情来：“乍觉别离滋味”。“乍觉”，是初觉、刚觉，由于被某种事物触动，一下引起了感情的波澜。开头两句，叙述平平，为下面留出抒情的余地。这“别离滋味”，旁人是触摸不到的。所以接下来作者作了具体的描述：“展转数寒更，起了还重睡”。空床展转，夜不能寐；希望睡去，是由于梦中还可弥补现实的不足；也许还可以解愁。默默地计算着更次——一更，二更……可是仍不能入睡，起床后，又躺下来。十个字把一个人床头展转腾挪，忽睡

【鉴赏】

忽起，不知如何是好的情状，毫不掩饰地表达出来了。“毕竟不成眠”，是对前两句含义的补充。“毕竟”两字有终于、到底、无论如何等意思。接着写出了他对长夜的感受：“一夜长如岁”。一连四句通过人的形态动作，把“别离滋味”如话家常一样摊现开来。一般说，诗词语忌直，意忌浅，脉忌露，可是柳永的词仍使人感到情浓味永。“文无定法”，表现手法也是应该不拘一格的。

不过如果说柳词“语直”、“意浅”，这只是表面的看法。因为词的感情抒发却仍是“走处仍留，急语须缓”的。这从下阕看得最清楚：“也拟待、却回征辔”。至此可以知道，这位薄衾小枕不成眠的人，离开他所爱的人没有多久，可能是早晨才分手，便为“别离滋味”所苦了。此刻当他无论如何都难遣离情的时候，心里不由得涌起另一个念头：唉，不如掉转马头回去吧。“也拟待”，这是万般无奈后的心理活动。可是，“又争奈、已成行计”。已经踏上征程，又怎么能再返回原地呢？这种离别，往往是为了求官，也是为了生计。在词中作者虽不时对“蝇头利禄，蜗角功名”发出鄙薄的声音，但到头来仍得是“驱驱行役”（《凤归云》）。归又归不得，行又不愿行，结果仍只好“万种思量，多方开解”，想寻找出一条出路来。出路自然找不到，便只能“寂寞厌厌地”——百无聊赖地过下去了。词中人为别离所苦的九曲回肠，表现得淋漓尽致。

最后两句“系我一生心，负你千行泪”。这誓言一般的十个字，包含着多么沉挚的感情！我对你一生一世也不会忘记，把你永远系在我心上。看来事情只能如此，也只应如此，这样“别离滋味”会好受些。虽如此，却仍不能相见，那么必然是“负你千行泪”了。他对她情深似海，义重如山，把一切都看成是自己有负于人，大有“此恨绵绵无绝期”的意味。

这首词表现了词人的落拓风尘之感，写得婉曲动人。

（艾治平）

【原文】

安公子

远岸收残雨，雨残稍觉江天暮。拾翠[①]汀洲人寂静，立双双鸥鹭。望几点、渔灯隐映蒹葭浦。停画桡、两两舟人语。道去程今夜，遥指前村烟树。　　游宦成羁旅，短樯吟倚闲凝伫。万水千山迷远近，想乡关何处？自别后、风亭月榭孤欢聚。刚断肠、惹得离情苦。听杜宇声声，劝人不如归去。

〔注〕 ① 拾翠：曹植《洛神赋》："尔乃众灵杂遝，命俦啸侣。或戏清流，或翔神渚，或采明珠，或拾翠羽。"翠羽，翠鸟的羽毛。后即以"拾翠"指妇女春日嬉游，如杜诗所云。

这首词是游宦他乡，春暮怀归之作。词人对于萧疏淡远的自然景物，似有偏爱，所以最工于描写秋景，而他笔下的春景，有的时候，也不以绚烂秾丽见长，如此篇即是。这，当然和他长年过着落魄江湖的生活、怀着名场失意的心情是有关的。

上片头两句写江天过雨之景，雨快下完了，才觉得江天渐晚，则雨下得时间很久可知。风雨孤舟，因雨不能行驶，旅人蛰居舟中，抑郁无聊更可知。这就把时间、地点、人物的动作和心情都或明或暗地展示出来了。

"拾翠"二句，不过是写即目所见。汀洲之上，有水禽栖息，而以拾翠之人已经归去，虚拟作陪，更以"双双"形容"鸥鹭"，便觉景中有情。"拾翠"字用杜甫《秋兴》："佳人拾翠春相问。"拾翠佳人，即在水边采摘香草的少女。张先《木兰花》也说："芳洲拾翠暮忘归，秀野踏青来不定。"意中有人，有人的语笑；今惟余景，景又呈现人去后特有的寂静。鸥鹭成双，自己则块然独处孤舟之中。这一对衬，就更进一步向读者展开了作者的内心活动。

“望几点”句，写由傍晚而转入夜间。渔灯已明，但由于是远望，又隔有蒹葭，所以说是“隐映”。这是远处所见。“停画桡”句，则是己身所在，近处所闻。“道去程”二句，乃是舟人的语言和动作。“前村烟树”，本属实景，而冠以“遥指”二字，则是虚写。这两句把船家对行程的安排，他们的神情、口吻以及依约隐现的前村，都勾画了出来，用笔极其简练，而又生动、真切。

过片由今夜的去程而念及长年行役之苦。“短樯”七字，正面写出舟中百无聊赖的生活。“万水”两句，从“凝伫”来，因眺望已久，所见则“万水千山”，所思则“乡关何处”。“迷远近”虽指目“迷”，也是心“迷”。崔颢《黄鹤楼》云：“日暮乡关何处是，烟波江上使人愁。”正与此意相同。

“自别后”以下，直接“乡关何处”，而加以发挥。“风亭”七字，追忆过去，慨叹现在。昔日则良辰美景，胜地欢游，今日则短樯独处，离怀渺渺，而用一“孤”字将今昔分开，意谓亭榭风月依然，但人不能欢聚，就把它们辜负了。“刚断肠”以下，紧接上文。离情正苦，归期无定，而杜宇声声，劝人归去，愈觉不堪。杜宇无知之物，而能劝归，则无情而似有情；人不能归，而杜宇不谅，依旧催劝，徒乱人意，则有情终似无情。用意层层深入，一句紧接一句，情意深婉而笔力健拔，柳永所长，其后只有周邦彦用笔近似。

（沈祖棻）

倾　杯

鹜落霜洲，雁横烟渚，分明画出秋色。暮雨乍歇，小楫夜泊，宿苇村山驿。何人月下临风处，起一声羌笛。离愁万绪，闲岸草、切切

【原文】

蛩吟似织。　　为忆芳容别后，水遥山远，何计凭鳞翼。想绣阁深沉，争知憔悴损，天涯行客。楚峡云归，高阳人散，寂寞狂踪迹。望京国。空目断、远峰凝碧。

柳永羁旅行役之作对自然景色的描绘很为出色，尤其擅长写秋景。他常以宋玉自比，在词中倾吐哀曲，清寂的山光水影，凝聚着他个人落拓江湖的身世之感，构成一幅幅秋日行吟图。在表现手法上，因调而异，变化多端，有的用直笔，有的多曲折，有的两者兼备，在本词，乃是一首迂回曲折的游子悲秋吟。

起首两句描绘洲渚宿鸟，对偶工整。清沈祥龙《论词随笔》云："有对起之调，贵从容整练。""落"字、"横"字形容鹭鸟飞下和雁字排列的状态，这是秋江暮色。"分明画出"和"正潇潇暮雨洒江天，一番洗清秋"之"洗"字，均为形容黄昏江上雨后清冷景象，着重绘出"秋色"。此处纯为写景，但江上行客的愁思，已隐然言外。"暮雨"三句，以小舟晚泊江边作为背景引出行客；小舟是行客所乘，夜泊指停舟的时间，苇村山驿点出投宿之处乃荒村驿店。满面风霜、踽踽而行的行客形象，透过秋江暮色呈现在读者眼前。

"何人"两句，展开山村夜景，月明风紧，传来羌管悠悠，吹出无限幽怨，李益诗有云："不知何处吹芦管，一夜征人尽望乡。"真乃闻曲生怨。词人在《戚氏》中说："孤馆度日如年，风露渐变，悄悄至更阑。长天净，绛河清浅，皓月婵娟。思绵绵，夜永对景那堪，屈指暗想从前。"直接铺叙客地月夜忆旧，而这里却是以设问提起，借笛声以抒旅怀。"离愁万绪"四字说到正题，揭出行客内心活动，接着以"蛩吟似织"烘托离愁，姜白石词云："哀音似诉，正思妇无眠，起寻机杼。"亦是借蟋蟀声以托出怨情；唧唧虫声、悠悠笛音，触发起行客无限愁绪，由此引出下文。

【原文】

换头“为忆”之句，触景而生情，抒写别后思念，亦即《迷神引》中所说：“芳草连空阔，残照满，佳人无消息，断云远。”惟此处口气比较婉转。“忆”字写思恋之情。以下再诉关山阻隔，鱼雁难通，从而反映出内心的焦虑。“想绣阁”三句，就对方设想，伊人深居闺房，怎能体会出行客漂流天涯，“为伊消得人憔悴”的苦处。这是从杜甫诗“遥怜小儿女，未解忆长安”化出，语意委婉。“楚峡”三句，转笔归到目前境遇，前句暗指歌舞消歇，后两句即“酒徒萧索，不似去年时”之意，说明往昔“暮宴朝欢”都已烟消人散，如今孤村独坐，惟有对月自伤。写得柳暗花明，不冗不复，自是慢词作法。

末尾两句，以景结情，与《玉蝴蝶》歇拍“黯相望，断鸿声里，立尽斜阳”笔法近似。遥望京华，杳不可见，但见远峰清苦，像是聚结着万千愁恨，“目断”与“立尽”都是加强语气，在这幅秋景中注入行客自身的感情色彩，藉以透露相思之意，怅惘之情。

（潘君昭）

鹤冲天

黄金榜上，偶失龙头望。明代暂遗贤，如何向？未遂风云便，争不恣狂荡？何须论得丧。才子词人，自是白衣卿相。　烟花巷陌，依约丹青屏障。幸有意中人，堪寻访。且恁偎红倚翠，风流事，平生畅。青春都一饷。忍把浮名，换了浅斟低唱！

这首词是柳永参与进士科考落第之后，抒发牢骚感慨之作，它表现了作者的思想性格，关系到作者的生活道路，是一篇重要的作品。南宋人吴

曾的《能改斋漫录》卷十六里有一则记载，与这首词的关系最为直接，略云：仁宗留意儒雅，而柳永好为淫冶讴歌之曲，传播四方，尝有《鹤冲天》词云云，及临轩放榜，特落之，曰："且去浅斟低唱，何要浮名！"其写作背景大致是：初考进士落第，填《鹤冲天》词以抒不平，为仁宗闻知；后再次应试，本已中式，于临发榜时，仁宗故意将其黜落，并说了那番话，于是作者便自称"奉旨填词柳三变"。可见这首词曾经给他的仕途经历带来很大的波折。

全词相当充分地展示了柳永的狂傲性格。"黄金榜上，偶失龙头望"，考科举求功名，开口辄言"龙头"，他并不满足于登进士第，而是把夺取殿试头名状元作为目标。落榜只认作"偶然"，"见遗"只说是"暂"，其自负可知。他把自己称作"明代遗贤"，这是颇有讽刺意味的。仁宗朝号称清明盛世，却不能做到"野无遗贤"，这个自相矛盾的现象就是他所要嘲讽的。但既然已被黜落，又"如何向"呢？即走什么样的生活道路呢？"风云际会"，施展抱负，是封建时代士子的奋斗目标，既然"未遂风云便"，理想落空了，于是他就转向了另一个极端，"争不恣狂荡"，表示要无拘无束地继续过自己那种为一般封建士人所不齿的流连坊曲的狂荡生活。"偎红倚翠"、"浅斟低唱"，就是对"狂荡"的具体说明。柳永这样写，是恃才负气的表现，也是表示抗争的一种方式。科举落第，使他产生了一种逆反心理，只有以极端对极端才能求得平衡。他毫不顾忌地把一般封建士人感到刺目的字眼写进词里，恐怕就是故意要造成惊世骇俗的效果以保持自己心理上的优势。还应看到，"烟花巷陌"在封建社会是普遍存在的，这是当时的客观事实，而涉足其间的人们却有着各自不同的情况。柳永与一般"狎客"的不同，主要有两点：一是他保持着清醒的自我意识，只是寄情于声妓，并非沉湎于酒色，这一点，他后来登第为官的事实可以证明；二是他尊重"意中人"的人格，同情她们的命运，不是把她们当作玩弄对象而是与她们结成风尘知己，这一点，《古今小说》里的《众名姬春风吊柳七》一篇，至少可以作为旁证。可见，

【鉴赏】

柳永的“狂荡”之中仍然有着严肃的一面，狂荡以傲世，严肃以自律，方能不失为“才子词人”。

这首词，真切细致地表述了柳永落第以后的思想活动和心理状态。“何须论得丧。才子词人，自是白衣卿相！”言得失何干，虽是白衣未得功名，而实具卿相之质，这是牢骚感慨的顶点，也是自我宽慰的极限。这些话里已经出现了自相矛盾的情况，倘再跨越一步，就会走向反面去了。“何须论得丧”，正是对登第与落第的得与丧进行掂量计较；自称“白衣卿相”，也正是不忘朱紫显达的思想流露。柳永把他内心深处的矛盾想法抒写出来，说明落第这件事情给他带来了多么深重的苦恼和多么繁杂的困扰，也说明他为了摆脱这种苦恼和困扰曾经进行了多么痛苦的挣扎。写到最后，柳永好像得出了结论：“青春都一饷。忍把浮名，换了浅斟低唱！”谓青春短暂，怎忍虚掷，为“浮名”（即登第为官）而牺牲赏心乐事。其实，这仍然是他一时的负气之言。但这两句词竟使仁宗耿耿于怀，哂斥柳永“何要浮名”，正是以浮名相要挟，柳永顺势自称“奉旨填词”，其实是对皇帝的大不顺从、大不恭敬，但作为封建社会的知识分子最终还是脱离不开科举功名这条生活道路，后来他改了名字再去应考，才中了进士。

（王双启）

【诗】

【原文】

煮海歌

煮海之民何所营？妇无蚕织夫无耕。
衣食之源何寥落，牢盆煮就汝输征。
年年春夏潮盈浦，潮退刮泥成岛屿；
风干日曝盐味加，始灌潮波塯[①]成卤。
卤浓盐淡未得闲，采樵深入无穷山；
豹踪虎迹不敢避，朝阳出去夕阳还。
船载肩擎未遑歇，投入巨灶炎炎热；
晨烧暮烁堆积高，才得波涛变为雪。
自从潴卤至飞霜，无非假贷充餱粮；
秤入官中充微值，一缗往往十缗偿。
周而复始无休息，官租未了私租逼；
驱妻逐子课工程，虽作人形俱菜色。
煮海之民何苦辛，安得母富子不贫！
本朝一物不失所，愿广皇仁到海滨。
甲兵净洗征输辍，君有余财罢盐铁。
太平相业尔惟盐，化作夏商周时节。

〔注〕 ① 塯：通“溜”，流动貌。

柳永是北宋早期的著名词人。他的《乐章集》里，大多是写男欢女爱的作品。他的诗流传下来的只有三首，这首《煮海歌》反映了盐民的艰辛生

活，深刻地揭露了当时的社会现实，可以看出，柳永除“偎红依翠，风流事，平生畅”外，还有关心民瘼、为民请命的另外一面。

《煮海歌》层次井然，开头四句领起全诗，先说不事耕织的盐民，以“煮海”为业，引出下面煮盐艰辛的一段；接着再引出盐民在官租私租逼迫下过着苦难生活的一段。最后八句是议论，寓讽谏之意，全诗结构谨严。

柳永担任过浙江定海晓峰盐场的监督官，对盐民生活有所了解，成为他写《煮海歌》的现实基础。在描绘煮盐的艰辛时，柳永用他擅长的铺叙手法，层层展现盐民的劳动过程。潮涨潮落，盐分积淀泥中，盐民匍匐刮泥，堆成“岛屿”，让它风吹日晒。诗人所说“始灌潮波塯成卤”是指淋卤。把含盐的泥块“铺于席上，四围隆起，作一堤挡形，中以海水灌淋，渗入浅坑中”（宋应星《天工开物·作盐》），成为盐卤。然后上山砍柴，不论远近，不避虎豹，早出晚归，船载肩扛，运柴归来，用来熬卤成盐。白花花的盐是盐民经历千辛万苦得来的。清代《如皋县志》曾这样记载盐民之苦：“晓露未晞，忍饥登场，刮泥汲海，伛偻如猪，此淋卤之苦也。暑日流金，海水如沸，煎煮烧灼，垢面变形，此煎办之苦也。”这正是柳永此段诗意的极好注解。

劳动的艰辛还不足以说明盐民的痛苦。他们的痛苦更在于官租私租的重重剥削，因而食不果腹，衣不蔽体，虽作人形，面俱菜色。这构成了《煮海歌》的又一重要内容。写艰苦劳动场面，用的是铺叙手法；而接着揭露高利贷盘剥之重，官府赋税之苛，入官盐价之低，触及封建剥削的实质。作者采用了寓论断于叙事之中的手法。不同的艺术手法，适应不同内容的需要。前者引起对盐民的同情，后者激起读者的不平感。

宋诗喜发议论，《煮海歌》也不例外。“煮海之民何苦辛，安得母富子不贫！”以母子喻政府和人民，正好说明盐在宋代是由官府专卖，低价收购，官府成为盐民最凶狠的剥削者。后二句为盐民请命，祈求朝廷施行仁政，提高盐价，以活民命。由此减少的国家财政收入，只要“甲兵净洗”，去冗兵之

【鉴赏】

弊，就足有余财，尽可罢盐铁之税。诗的最后又寄希望于宰相。像《尚书·说命》所说，治国就像烹饪，宰相即为调味的作料，“若作和羹，尔惟盐梅”。只要宰相得人，恢复“三代治世”是指日可待的。那时，盐民便能安居乐业了。由盐民之苦生发一番大议论，表达了作者的政治见解，卒章显志，体现了曲终奏雅的讽谏之意，体现了对“煮海之民”的深切关怀。

后来元代王冕作《伤亭户》，清代吴嘉纪作《风潮行》，都切实写出了盐民的苦辛。《煮海歌》成了这类诗的先驱。

（吴　锦）

【附录】

【附录】

柳永生平与文学创作年表

纪年	年岁	生平经历	主要作品	相关大事
宋太宗雍熙元年(984)甲申	1	生于费县。初名三变，字景庄，后改名永，字耆卿。是年之前父柳宜由雷泽县令移任沂州费县。		
雍熙三年(986)丙戌	3	父柳宜由费县移任济州任城。永偕往。		
淳化元年(990)庚寅	7	父柳宜以任城宰携书抵阙下，除全州通判。永可能于是年在汴京见王禹偁。		张先生。
淳化三年(992)壬辰	9	自淳化元年至是年，父柳宜通判全州，永或随母居故里崇安。	诗《题中峰寺》或作于居崇安时。	王禹偁进士及第。
至道二年(996)丙申	13	父柳宜自淳化四年(993)自著作佐郎升赞善，或在京差遣，则永亦在汴京。	习作《劝学文》或作于是年。	
至道三年(997)丁酉	14	在汴京。		三月，太宗崩，太子赵恒即位，是为真宗。
宋真宗咸平元年(998)戊戌	15	或于是年成婚。		

续 表

纪年	年岁	生平经历	主要作品	相关大事
咸平五年（1002）壬寅	19	开始远游，到杭州，与妻分别。	词《雨霖铃》（寒蝉凄切）	
咸平六年（1003）癸卯	20	流寓杭州。	词《望海潮》（东南形胜）	
景德元年（1004）甲辰	21	春，离杭，溯江西上，游两湖，初夏至鄂州，深秋抵湖南。		晏殊以神童名试，赠进士出身，是年十四岁。
景德二年（1005）乙巳	22	秋，回汴京。		
景德三年（1006）丙午	23	或往扬州。	词《临江仙》（鸣珂碎撼都门晓）	
景德四年（1007）丁未	24	冬，或自扬州回汴京，拟参加礼部考试。		
大中祥符元年（1008）戊申	25	在汴京，为举子而多游狭邪，善为歌辞，教坊乐工每得新腔，必求永为辞，始行于世。	词《倾杯乐》（禁漏花深）、《木兰花慢》（拆桐花烂漫）、《破阵乐》（露花倒影）、《合欢带》（身材儿、早是妖娆）	真宗佞道，是年正月及六月乙未，宋朝廷诈称“天书”再降。
大中祥符二年（1009）己酉	26	是年春闱，进士不第。		苏洵生。
大中祥符五年（1012）壬子	29	在汴京。真宗于延恩殿祀圣祖赵玄朗，并称“天尊”下降。作《玉楼春》（昭华夜醮连清曙）、（凤楼郁郁成嘉瑞）二词以讽之。	词《玉楼春》（昭华夜醮连清曙）、《玉楼春》（凤楼郁郁成嘉瑞）	

续 表

纪年	年岁	生平经历	主要作品	相关大事
大中祥符八年(1015)乙卯	32	再次落第。		范仲淹进士及第。
天禧二年(1018)戊午	35	第三次落第,作词抒写愤懑。	词《鹤冲天》(黄金榜上)、《玉楼春》(星闱上笏金章贵)	立赵祯为太子,时年九岁。
乾兴元年(1022)壬戌	39	在汴京。		二月,真宗崩,赵祯即位,是为仁宗,年仅十三,由刘太后掌权,垂帘听政。
宋仁宗天圣二年(1024)甲子	41	第四次落第,又为当朝者挫辱,愤而自称"奉旨填词柳三变",从此开始与乐工、歌妓合作,专于作词。秋,远游江南。		宋庠、宋祁第进士。
天圣四年(1026)丙寅	43	自天圣二年,漫游江南,此时或在苏杭一带。	词《两同心》(伫立东风)、《西施》(苎罗妖艳世难偕)	
天圣五年(1027)丁卯	44	或在杭州,并东游会稽一带。	词《夜半乐》(冻云黯淡天气)	正月,夏竦自翰林学士龙图阁直学士,除右谏议大夫枢密副使。
天圣七年(1029)己巳	46	由江南返汴京。	词《笛家弄》(花发西园)、《满朝欢》(花隔铜壶)	十一月,范仲淹上疏论上太后寿。宋祁时为国子监直讲。
天圣八年(1030)庚午	47	再度离京,漫游西北。	词《临江仙引》(上国)、《引驾行》(红尘紫陌)	欧阳修、张先进士及第。
天圣九年(1031)辛未	48	在关中一带漫游。	词《少年游》(长安古道马迟迟)、《玉楼春》(参差烟树灞陵桥)	

续 表

纪年	年岁	生平经历	主要作品	相关大事
明道元年(1032)壬申	49	游历渭南一带。	词《曲玉管》(陇首云飞)、《八声甘州》(对潇潇暮雨洒江天)	十二月,辽册封党项族首领元昊为夏国王,时称西夏。元昊既陷宋甘州,复举兵攻拔西凉府,成为宋朝西北部重要威胁。
明道二年(1033)癸酉	50	春,自渭南抵成都。其秋,出三峡,沿江东下,游洞庭潇湘旧地,抵鄂州。	词《一寸金》(井络天开)、《玉蝴蝶》(望处雨收云断)、《竹马子》(登孤垒荒凉)等	三月,刘太后卒,仁宗始亲政,时年二十三岁。
景祐元年(1034)甲戌	51	赴汴京参加恩科考试,登进士第。授睦州团练推官。	词《柳初新》(东郊向晓星杓亚)	
景祐二年(1035)乙亥	52	自睦州团练推官移任余杭县令。	词《满江红》(暮雨初收)	
景祐四年(1037)丁丑	54	任泗州判官。		苏轼生。
宝元元年(1038)戊寅	55	由泗州判官改著作郎,颇受仁宗赏识而得超擢,授西京陵台令。		
庆历元年(1041)辛巳	58	或自著作郎转太常博士,在汴京差遣。	词《西施》(柳街灯市好花多)	二月,西夏元昊率军犯渭州,于好水川伏击并歼灭宋军任福部。
庆历二年(1042)壬午	59	作《醉蓬莱》(渐亭皋叶下),得罪仁宗。是年末或三年初差遣苏州。		闰九月,西夏元昊寇宋泾原路,宋军于定川寨战败,元昊大掠渭州而去。

续表

纪年	年岁	生平经历	主要作品	相关大事
庆历三年(1043)癸未	60	年初,在苏州,约是年夏调往益州。	词《木兰花慢》(古繁华茂苑)、《瑞鹧鸪》(全吴嘉会古风流)、《迷神引》(一叶扁舟轻帆卷)	三月,晏殊拜相。五月,虎翼卒王伦叛于沂州。八月,范仲淹参知政事,十月提出"庆历新政"方案。
庆历四年(1044)甲申	61	秋,调荆湖南路或道州。		宋与西夏议和,西夏向宋称臣,宋付给西夏"岁币"。九月,晏殊罢相。
庆历五年(1045)乙酉	62	秋,调永兴军路华州。		正月,范仲淹参知政事,"庆历新政"失败。黄庭坚生。
庆历六年(1046)丙戌	63	春,再次调往苏州。	词《永遇乐》(天阁英游)	
庆历八年(1048)戊子	65	调杭州。		闰正月,文彦博拜相。十月,宋祁知许州。
皇祐五年(1053)癸巳	70	是年致仕,终官或为郎中。		十月,文彦博知永兴。
嘉祐三年(1058)乙未	75	夏,最迟至嘉祐五年(1060)四月前,柳永或卒于汴京。殆二十余年后,或由其子改葬润州。		

(慕 池)

图书在版编目(CIP)数据

柳永词鉴赏辞典 / 上海辞书出版社文学鉴赏辞典编纂中心编. —上海：上海辞书出版社，2015.12(2023.2 重印)
(中国文学名家名作鉴赏辞典系列)
ISBN 978-7-5326-4472-8

Ⅰ.①柳… Ⅱ.①上… Ⅲ.①柳永(约 984～约 1058)-宋词-诗歌欣赏-词典 Ⅳ.①I207.23-61

中国版本图书馆 CIP 数据核字(2015)第 271067 号

柳永词鉴赏辞典

上海辞书出版社文学鉴赏辞典编纂中心　编

责任编辑　霍丽丽
装帧设计　姜　明
技术编辑　顾　晴

出版发行　上海世纪出版集团
上海辞书出版社(www.cishu.com.cn)
地　　址　上海市闵行区号景路 159 弄 B 座(邮编 201101)
印　　刷　上海新艺印刷有限公司
开　　本　890 毫米×1240 毫米　1/32
印　　张　4.75
字　　数　118 000
版　　次　2015 年 12 月第 1 版　2023 年 2 月第 2 次印刷
书　　号　ISBN 978-7-5326-4472-8/I・282
定　　价　78.00 元